KB049691

아무래도, 고양이

ⓒ 백수진, 2020

이 책의 저작권은 저자에게 있습니다.
저작권법에 의해 보호를 받는 저작물이므로
저자의 허락 없이 무단 전재와 복제를 금합니다.

닿을 듯 말 듯
무심한 듯 다정한 너에게

아무래도, 고양이

백수진 지음

북라이프
booklife

아무래도, 고양이

1판 1쇄 인쇄 2020년 3월 13일
1판 1쇄 발행 2020년 3월 30일

지은이 | 백수진
발행인 | 홍영태
발행처 | 북라이프
등 록 | 제313-2011-96호(2011년 3월 24일)
주 소 | 03991 서울시 마포구 월드컵북로6길 3 이노베이스빌딩 7층
전 화 | (02)338-9449
팩 스 | (02)338-6543
e-Mail | bb@businessbooks.co.kr
홈페이지 | http://www.businessbooks.co.kr
블로그 | http://blog.naver.com/booklife1
페이스북 | thebooklife
ISBN 979-11-88850-82-2 03810

＊ 잘못된 책은 구입하신 서점에서 바꾸어 드립니다.
＊ 책값은 뒤표지에 있습니다.
＊ 비즈니스북스는 독자 여러분의 소중한 아이디어와 원고 투고를 기다리고 있습니다.
   원고가 있으신 분은 bb@businessbooks.co.kr로 간단한 개요와 취지, 연락처 등을 보내 주세요.
＊ 북라이프는 (주)비즈니스북스의 임프린트입니다.
＊ 비즈니스북스에 대한 더 많은 정보가 필요하신 분은 홈페이지를 방문해 주시기 바랍니다.

나의 일부이자 삶 자체인 이 고양이를
숨 쉬듯 사랑한다.

어쩌다 집사, 어쩌면 운명

5년 전, 사회부 막내 기자였던 나는 포털 사이트 뉴스 카테고리에 경찰서 이름을 검색하는 일로 하루 일과를 시작했다. 일명 '온라인 마와리(취재를 위해 경찰서를 도는 일)'. 밤사이 무슨 일이 있었는지, 나는 모르고 타사 기자는 알고 있던 사건 사고는 없는지 확인하는 작업이었다. 혹시 내가 놓친 게 있을까 봐 늘 심장이 떨렸다.

그리고 침대에 누워 맞이하는 하루의 끝엔 또 다른 마와리가 시작됐다. 유튜브에서 '귀여운 강아지', '웃긴 고양이', '아기 동물', '고양이는 왜 이럴까' 등을 검색하는 일이다. 매일 전 세계에서 셀 수 없을 만큼 많은 동물 관련 영상이 새롭게 올라오므로 하루도 소홀할 수 없었다.

열심히 검색하고 클릭하다 보면, 위대한 유튜브 알고리즘은 내가 좋아서 까무러칠 영상들을 귀신같이 알고 추천해주기까지 했다. 오늘은 또 어떤 귀여움이 날 기다릴지, 늘 심장이 떨렸다.

귀여움을 받는 것과 내가 뭔가를 귀여워하는 것. 둘 중 하나를 고르라면 나는 후자가 몇 배는 더 행복했다. 가슴이 간질간질하고 나도 모르게 광대뼈가 솟구치고 허공에 발을 구르게 하는 그 감정이 너무 좋았다. 그때도 알았다. 이렇게 동물에게서 행복만 얻어가는 건 직접 키우지 않는 사람의 특권이라는 것을.

전쟁터에 나갔던 주인이 몇 년 만에 돌아오자 좋아서 어쩔 줄 모르는 강아지를 보면, 야생으로 돌아간 지 1년이나 됐는데도 사육사를 기억하고 와락 안기는 사자를 보면 눈물마저 났지만 다 남의 이야기였다. 그런 아름다운 교감을 나눌 '나의 반려동물'이 생길 리 없었다. 나는 일단 하루하루 너무 바쁘고, 집도 좁고, 선물 받은 선인장도 한 달 만에 말려 죽이는 사람이니까.

무엇보다도… 마음에 여유가 없었다. 처음 제대로 해보는 밥벌이, 꾸역꾸역 맡은 일을 하긴 하는데 매일 불평만 늘었다. '사회 초년엔 다 그런 거야', '기자 1~2년 차는 원래 이래' 하고 생

각하면서도 여가를 잃어가는 일상이 초조했다. 친구들과 연락
도 뜸해졌다. 내 일, 내 휴식 그리고 내가 잃고 싶지 않은 인연들
을 추스르는 것만 생각해도 벅찼다.

선인장보다 손이 많이 가는 생명체를 돌보며 내 삶을 지켜갈
수 있을 리가 없었다. 하루 두세 시간씩 동물 동영상을 찾아 보
고, 남의 집 강아지 사진이 잔뜩 들어간 달력을 사는 것만으로
충분했다.

분명 그랬었는데….

2020년 봄

백수진

차례

프롤로그 어쩌다 집사, 어쩌면 운명 _6

· 제1장 ·

나의 첫 고양이,
나무야 반가워

풍문으로 들었소 _15

길냥이의 하루하루 _19

캣맘의 세계 _25

냥줍 결심 _30

마이너스×마이너스 = 플러스 _35

나무를 기억하는 사람들 _40

집사 길들이기, 참 쉽죠? _45

· 제2장 ·

너를 알아가는 시간,
육묘일기

나무가 들려주는 소리들 _53

인테리어 파괴자 _58

말할 수 없는 비밀 _65

사막 한가운데서 _70

새 화장실 증후군 _75

자나 깨나 물 조심 _81

'고양이 확대범'의 고백 _86

차라리 돼지가 나아 _92

귀여움이 나타났다! 거짓말이 아니라고요 _98

이토록 달콤한 방해들 _102

사냥에 성공한 고양이 되기 _109

· 제3장 ·

행복을 나누어 받는다, 무한묘猫력

서른 즈음에 생긴 막냇동생 _115

소문난 마음 _119

냥덕 용어 파헤치기 _123

하늘 아래 같은 치즈는 없어 _131

고양이의 품격 _136

너의 쓸모, 너의 의미 _140

이유는 설명하기 싫지만 울고 싶을 때 _145

아는 고양이 _150

동물한테 지나친 감정 이입이라뇨 _156

고양이 사람들 _160

고양이에게 배워야 하는 것들 _165

· 제4장 ·

너의 기분이 나의 기분이 될 때,
너에게 닿기를

고양이와 나의 계절   _173

고양이의 시간   _180

너는 왜 나를 사랑하니   _185

사랑은 미움받을 용기   _190

상처가 되는 말들   _195

괜찮아, 잘하고 있어   _201

내 맘 같지 않은 그대여   _208

나의 게으름이 너의 평온이라면   _214

영원할 마음   _219

에필로그 집에 가면 고양이가 있다   _223

제 1 장

나의 첫 고양이,
나무야 반가워

풍문으로 들었소

"공원에 예쁜 아기 고양이가 있어! 네가 보면 정말 좋아할
거야."

모든 것은 일산에서 서울까지 흘러 들어온 소문으로부터 시
작됐다. 때는 2016년 초여름, 본가의 아파트 단지 공원에 사람
무서운 줄 모르는 '하룻고양이'가 나타났다는 어머니의 제보였
다. 수풀 속에 숨기는 하는데 도망가진 않아서 너무 귀여운 나머
지 한자리에서만 30분을 지켜봤다고 했다. "사진은요?" "아! 놀
아주다가 못 찍었어." 안타깝게도 그림이 없는 제보였다.

그땐 사실 시큰둥했다. 예쁜 고양이는 인스타그램이나 유튜브
에도 많은 데다, 나는 고양이보단 강아지파(당시 7만 명의 인스타
팔로워를 보유한 유명 웰시코기 '백호'의 열혈 팬이었다. 현재 백호의

15

인스타 팔로워는 대략 20만 명이다!)였기 때문이다. 공사가 다망하여 한동안 본가에 가지 못해, 소문의 길냥이 '나무'를 직접 만난 건 두어 달쯤 지나서였다. 나는 나중에 이 일을 두고두고 후회하게 된다.

처음 만났던 순간은 아직도 생생하다. 여름의 끝자락이었고, 나무가 태어난 지 7개월쯤으로 추정되던 때다. 나무는 소문대로 살가웠다. 첫 만남부터 내 종아리에 몸을 비비며 주위를 맴돌았고, 보드라운 꼬리가 찰싹찰싹 내 다리를 때리는 느낌이 경쾌했다. 사람을 피하지 않는 길냥이라니, 얼굴을 볼 만큼 본 친구네 고양이도 내가 다가가면 피하던데!

터키 이스탄불의 길고양이 이야기를 다룬 다큐멘터리 영화 〈고양이 케디〉에는 이런 대사가 나온다.

"고양이가 발밑에서 당신을 올려다보며 야—옹 한다면, 그건 삶이 당신에게 미소 짓는 거랍니다."

이건 정말 겪어보지 않은 사람은 모른다. 나 역시 그렇게 나무와 사랑에 빠졌으니까.

내가 나무에게 적극적으로 관심을 보이기 시작하고 이내 알게 된 사실, 나무는 공원의 아이돌이자 '초통령'이었다. 동네 사

2016년 여름, 나무 타는 고양이 나무

람들은 길냥이 급식소(캣맘들이 공원에 마련해둔 배식 장소)를 지날 때마다 나무를 찾아 기웃거렸다. 초등학생들은 등하굣길에 신발주머니를 흔들며 "나무야!"를 외쳤다. 나무는 모두의 관심을 반기지 않는 듯, 거부하지 않았다. 나에게 보여준 그 달콤함은 슈퍼스타의 아주 여유로운 팬 서비스였던 것이다.

뒤늦게 나무의 팬이 된 나는 모르는 게 많았다. "얘 이름이 왜 나무야?" 어느 날 초딩들에게 묻자 깜찍한 답변이 돌아왔다. "나무를 좋아해서요!" 아아, 초딩도 귀엽고 나무도 귀엽다. 더 일찍 보러 와야 했는데….

아직 만 1세도 안 됐지만 나무의 덩치는 성묘에 가까웠다. 아깽이(아기 고양이) 시절의 나무를 아는 사람들이 부러웠다. 이래서 어머니 말씀은 재깍재깍 들어야 한다. 하지만 이제라도 만난 게 어딘가. 언제든 훌쩍 사라질 수 있는 나무를 한 번이라도 더 보기 위해 나는 부지런히 본가를 드나들었다.

더 어린 나무를 보지 못해 아쉬워했던 내가, 늙어가는 나무를 원 없이 볼 수 있는 입장이 된 것은 훨씬 더 나중의 일이다.

길냥이의 하루하루

나무는 바쁜 고양이였다. '어쩌다 집냥이'가 되어버린 지금은 하루 종일 캣타워를 오르내리며 창밖 너머를 구경하는 게 고작이지만, 예전에 살던 공원은 나무가 아무리 뛰어도 끝이 없을 만큼 광활했고 볼거리도 많았다. 베이스캠프와도 같았던 길냥이 급식소에서 식사를 마치고 몇 시간씩 '마실'을 나갈 때면, 어디를 어떻게 돌아다니는지 아는 사람이 아무도 없었다.

자유롭고 화려하지만 순탄하지만은 않았던 나무의 공원 생활. 그 일상을 내가 파악한 범위 내에서 관찰일지 형식으로 재구성했다.

2016년 8월 ×일

오늘만 급식소를 세 번이나 찾아갔는데 나무가 보이지 않았다. 공원에 나온다고 매번 나무를 볼 수 있는 건 아니다. 공원은 워낙 넓고 나무도 나무만의 묘생이 있으니, 내가 찾아가는 시간에 맞춰 나무가 그 자리에 있으란 법은 없다.

"나무야."

아쉬운 마음에 허공에 이름을 부르자 수풀 속에서 나무가 나타났다. 반갑게 인사하는 나를 지나쳐 어슬렁거리며 급식소로 향한다. 배가 고파서 왔군. 원목으로 된 급식소 안에는 건식 사료가 소복이 쌓여 있는데, 이 구역의 길냥이 여럿이 함께 먹는 양이다.

이 동네에서 '도둑고양이'는 다 옛말이다. 길냥이는 인간의 음식을 탐낼 이유가 없기 때문이다. 먹을 게 얼마나 많은데! 아무튼 식사를 마친 나무는 다시 홀연히 사라졌다.

2016년 9월 ×일

가을비가 내렸다. 급식소에서 비를 맞으며 밥을 먹는 나무를 발견하고 부리나케 집으로 달려가 우산을 가지고 나왔다. 크기가 너무 커서 평소엔 잘 안 쓰던 것인데 급식소를 덮기에 알맞았다. 좁은 공간을 좋아하는 나무가 우산 밑으로 쏙 들어가 앉아

비를 피한다. 그래, 그렇게 쓰는 거란다.

2016년 9월 ×일

　나무는 오후에 가장 바쁘다. 초딩들이 학교에서 몰려나오는 때라 귀찮아질 수도 있는 시간인데, 나무는 굳이 자전거길 한가운데나 풀밭에 앉아 있곤 한다. 분명 자신의 뜨거운 인기를 즐기기 때문일 거다. 아이들은 나무를 발견하면 빙 둘러서서 구경하며 사진을 찍는다 더러는 주요 나뭇가시 능을 휘두르며 관심을 끌기 위해 애쓴다.

　한 명이 가까이 다가가 쓰다듬으면 너도나도 우르르 달려드는데, 옆에서 지켜보는 어른은 초조하다. '나무 오빠 피곤하시니까 줄 서서 한 명씩 오실게요!' 마음속으로만 외쳐본다. 팬 미팅과도 같은 시간이 어느 정도 지나면 나무는 슬그머니 일어나 잘 곳을 찾는다. 대개 아이들의 손이 닿지 않는 수풀 속이나 폭신하게 쌓인 낙엽 위다.

　　"나무 자나 봐. 이제 가자!"

　누가 지시한 것도 아닌데, 아이들은 나무의 낮잠을 위해 하나둘 자리를 뜬다. 생명을 존중하는 법을 이렇게 배워가나 보다.

in 홈그라운드

🐱 발라당, 필살 애교
슈퍼스타의 팬 서비스

2016년 10월 ×일

　나무의 사회생활을 목격했다. 일이 잘 풀리는 것 같진 않았다. 나무가 다른 길냥이를 졸졸졸 따라다니는데, 아무리 봐도 같이 노는 모양새가 아니었다. 나무보다 덩치가 크고 연배도 있어 보이는 그 길냥이는 나무를 신경조차 쓰지 않았다. 그러고 보니 나무가 다른 고양이와 어울리는 모습을 본 기억이 없었다. 어린이집에서 친구를 사귀지 못하는 아들내미를 보는 기분이 이럴까. 멀찍이서 발만 동동 구르다 집으로 돌아왔다.

2016년 10월 ×일

　나무의 또 다른 보호자를 만났다. 한 명도 아니고 두 명이나! 공원 길냥이들을 챙겨주는 손길이 있다는 건 알았지만 실제로 마주친 건 처음이다. 캣맘들은 능숙하게 급식소에 사료를 채우고, 길냥이들에게 참치 캔 간식을 나눠줬다. '가끔 마실 물을 갈아주고 비 올 때 우산을 놓아줬던 사람'이라고 나를 소개했더니 바로 알아본다.

　"이 녀석 정말 애교가 많아요, 그죠?"

　나무의 귀여움을 찬양하며 시작한 대화는 이내 걱정으로 이

어졌는데, 사람을 너무 따라서 위험하다고 했다. 하긴, 나무에게 다가가는 사람이 모두 캣맘이나 아이들처럼 무해하다는 보장은 없다. 동네 길냥이들에게 배척을 당하는 것도 사람을 반기는 성격 때문인 듯했다.

길에 사는 고양이는 야생 동물에 가깝다. 그래서 보통은 사람을 보면 멀리 달아난다. 밥을 주는 캣맘에게도 가까이 가지 않는 고양이가 많은데, 사실 길냥이들의 안전을 위해서는 그 편이 옳다. 이렇듯 사람을 위험한 존재로 인식하고 있는 '선배 길냥이'들에게 나무는 별종이고 기피 대상이었을지 모른다.

'사람들에게 이토록 예쁨을 받으니 굶어 죽지는 않겠다'며 안심했던 내 생각이 와장창 깨졌다. 우리의 걱정을 아는지 모르는지, 간식을 먹고 기분이 좋아진 나무는 천하태평하게 '발라당(배를 보이고 드러눕는 모양)'을 선보이고 있었다. 그렇게 나도 캣맘들의 걱정에 동참하기 시작했다.

캣맘의 세계

사랑을 하면 보이지 않던 것들이 보인다더니, 나무를 신경 쓰기 시작하면서 다른 길냥이들도 눈에 들어왔다. 다 똑같은 고양이인 줄 알았는데 제각각 특징이 있었다. 아이들에게 '할머니'라고 불리는 털을 산발한 녀석, 나무가 가끔 쫓아다니는 덩치 큰 하얀 녀석, 턱시도를 입은 것처럼 몸통이 새까만 녀석 등….

그리고 당연하게 여겨온 것들에 의문이 생겼다. 그 많은 고양이가 제때 먹고 자고 쌀 수 있도록 돕는 우렁각시 같은 손길에 대해서 말이다.

'이 원목 급식소는 뭐지? 누가 직접 만든 건가? 이 사료들은 다 어디서 오는 거지? 지자체에서 지원해주나? 설마 캣맘들이 사비를 들여 챙기는 건가!'

설마가 맞았다. 길냥이의 중성화수술(줄여 TNR이라고 하는데, '포획Trap─중성화Neuter─방생Return'을 뜻한다) 비용을 지원하는 지자체도 먹이까지 책임지진 않는다. 사료업체나 동물보호단체에서 길냥이용 사료를 기부하는 경우가 종종 있지만 지속적이진 않다. 이렇게 길냥이의 매일매일은 캣맘의 따뜻한 마음과 부지런함과 경제력에 달려 있었다.

나무를 챙기며 만난 캣맘 중 여전히 소통하고 지내는 분이 있다. 편의상 '나무맘1님'이라 칭하겠다(실제로도 그렇게 연락처를 저장했다). 그는 고양이에 대해 잘 알지 못하는 '냥알못'인 나에게 멘토와도 같은 존재였다. 나무가 남자아이고, 태어난 지 대략 6~7개월 정도 됐을 거라는 것도 나무맘1님을 통해 알았다. 나무가 사람을 이토록 잘 따르는 건, 아주 어릴 때 누군가 '냥줍(길냥이를 데려다 키움)'을 했다가 다시 버렸기 때문인 것 같다는 추측도 그에게서 들은 것이다.

캣맘 경력 10년의 나무맘1님은 당시 나무를 포함해 네 마리 이상의 길냥이를 돌보고 있었다. 사료값을 다 어떻게 충당하느냐 묻자 놀라운 답변이 돌아왔다. "우리 애들한테는 최고급 사료를 먹이는데…. 길냥이들한테는 그렇게 못 하고 있죠."

맙소사! 집에서도 네 마리를 키우고 있단다.

캣맘은 많은 일을 할 수 있다. '할 수 있다'고 표현한 이유는 캣맘에게 어느 선까지 봉사해야 한다는 의무가 없기 때문이다. 다만 나무맘1님이 하는 일들은 내가 상상했던 것보다 그 범위가 훨씬 넓었다.

공원 냥이들이 애용하는 원목 급식소도 그가 가져다 놓은 것이었다. 한 달에 한 번 있는 반려동물 가구회사 이벤트에 응모해 받아냈다고 했다(캣타워를 알아볼 때 너무 비싸 포기한 브랜드로, 나무 이 녀석은 스트리드 시필 이비 이 브랜드의 가구를 써본 것이다!). 사료는 늘 바닥이 보이지 않게 채우고, 정기적으로 만나는 녀석들에겐 가끔 간식(참치 캔)도 준다. 겨울철엔 뜨거운 물을 매일 가져다주지만 이내 얼어버린단다.

아픈 아이에겐 약도 먹인다. '할머니'가 꼬질꼬질하게 다니는 이유는 구내염이 있어 그루밍(고양이가 혀로 털을 빗어 청결을 유지하는 행동)을 못 하기 때문이라며 항생제 등을 챙겨줬다.

길냥이들을 골칫거리로 보는 사람들은 캣맘이 고양이를 배불리 먹여 번식을 돕는다고 오해한다. 그러나 이는 사실과 정반대로, 캣맘이 하는 가장 중요한 일 중 하나가 TNR이다. 적당한 시기에 TNR을 진행해야 길냥이 개체 수 폭증을 막을 수 있고, 발정기에 요란한 울음소리로 주민들의 미움을 사는 일도 줄어든다.

캣맘이 이토록 최선을 다해도 길냥이의 수명은 평균 3~5년이다. 건강한 집냥이는 대개 10년 넘게 산다. 모든 길냥이가 밖에서 자유롭게 지내며 그 어떤 위협도 받지 않고 제 수명대로 살수 있다면 좋겠지만 현실적으로는 불가능하다. 특히 추운 날씨는 길냥이들의 생존에 치명적인데 겨울까지 다가오고 있었다.

어느 날 급식소 앞에서 만난 나무맘1님이 내게 물었다.

"수진 씨가 나무를 데려가 줄 수 없어요?"

심장이 철렁했다. 베테랑 캣맘이 보기에 나무는 길냥이로 살아남기 어렵다는 건가! 좋은 사람 나쁜 사람 가리지 않고 살갑게 굴다가 해코지를 당할까 봐? 아니면 친구가 없어서 겨울을 이겨낼 따뜻한 은신처를 발견했다는 소식을 혼자만 모를까 봐?

안 그래도 나무는 얼마 전 다른 캣맘 누나가 선물해준 집(에어캡을 둘둘 말아 보온력을 높인 박스)을 다른 길냥이에게 홀랑 빼앗긴 참이었다. 누굴 닮아 그리 겁이 많은지, 다른 고양이의 흔적이 남은 집에 다시 들어가지도 못하고 있었다.

하지만 난 거절했다. 당시 나는 7평 남짓한 작은 원룸에 살고 있었고, 그 작은 방에 나무를 가둘 수는 없었다. 아니 그보다, 나는 웬만해선 죽지 않는다던 선인장을 말려 죽인 전과가 있었다.

분명 시키는 대로 물을 줬는데 왜지? 아무튼 나는 생명을 거두어 키운다는 생각을 한 번도 해본 적이 없었다. 게다가 나무를 아주 많이 사랑했기 때문에, 더욱 함부로 결정할 수 없는 노릇이었다.

"이 녀석은 꼭 누군가 데려가야 할 것 같은데…."
"그러게요…."

이후로도 나무맘1님은 포기하지 않고 꾸준히 나무의 가족이 되어줄 사람을 찾았다. 결국 그게 내가 될 줄은 그때는 정말 몰랐지만. 나무야, 넌 알았니?

냥줍 결심

"수진 씨가 나무를 데려가 줄 수 없어요?"

그날 이후, 캣맘 나무맘1님의 제안이 시도 때도 없이 머릿속을 울렸다. 처음 만난 순간부터 나무가 '나의 고양이'가 되는 상상을 하지 않았다면 거짓말이다. 마음은 굴뚝같았지만 엄두가 나지 않았을 뿐이다. 그러던 중 듣게 된 '데려가 달라'는 말은 꼭 부탁이 아닌 허락 같았다. '나무의 생존을 위해서는 수진 씨처럼 경험이 없는 사람의 손길이라도 필요해요.'라는.

근데 내가 정말로 고양이를 키울 수 있는 사람일까. 먼저 나무를 데려와도 되는 이유를 살펴봤다. 직장 생활 2년 차, 고양이 한 마리 정도는 굶기지 않을 만큼 벌고 있었다. 자취방이라는 독립된 공간도 있었다. 뛰어다닐 크기는 못 돼도 캣타워를 설치하면 지낼 만할 것 같았다. 나무와 함께 보낼 시간은 어떤가. 당시 나는 3교대를 하는 디지털 뉴스팀에서 근무했다. 낮과 밤이 수시로 바뀌어 고되긴 하지만, 근무 시간이 하루 8시간으로 정해져 있다는 장점이 있었다. 한 번 집을 나서면 14~15시간씩 밖에 있어야 했던 사회부 시절과 달랐다. 나무가 집에 적응하기까지 꽤 많은 시간을 함께할 수 있었다. 오, 나쁘지 않은데?

그런데도 왜 나는 나무를 당장 데려오지 못했나. 가장 큰 이유는 '집사 자격'을 검증받을 방법이 없기 때문이다. 집사의 주머니 사정은 기준에 따라 평가가 달라진다. 다달이 사료와 모래값만 따지면 넉넉해도, 병원비 기준으로는 빠듯할 수 있다. 퇴근 후 최선을 다해 놀아준다고 해도 집을 비우는 동안 고양이가 얼마나 외로워할지까지 다 알 수는 없다. 신중하게 따져본다고 해도 판단은 내가 아는 범위 안에서만 내릴 수 있다.

그래서 '냥줍심사평가원'이라도 있었으면 했다. 그럼 냥평원에서는 나에게 이런 평가를 내렸을지도 모른다.

"자택 면적 미달에 기초 지식 부족입니다. 좀 더 넓은 집으로 이사하고 고양이 관련 책 세 권을 읽은 다음 독후감을 제출하세요."

그렇다면 요구 조건을 채워 허가 도장을 받아내면 될 일이다. 얼마나 명쾌한가.

물론 그런 기관은 실재하지 않으니 눈 딱 감고 데려오면 그만이다. 하지만 현실적인 조건 외에도 계속 마음 쓰이는 이유가 하나 더 있었는데, 바로 나무의 빈자리에 대한 걱정이었다. 공원을 드나드는 많은 사람 중, 이 정도로 나무를 아끼는 이가 나뿐이란 법은 없었다.

특히 이 동네 아이들에게 나무는 내가 생각한 것보다 훨씬 더 소중한 존재일지도 몰랐다. 한참을 고민하다가 손을 내밀어 나무를 쓰다듬고는 엄마에게 혼이 날까 걱정하는 아이도 봤다. 부모님의 반대로 반려동물을 키우지 못하는 어린아이들에게 이 고양이와의 지속적인 교감이 얼마나 큰 의미였던 걸까.

나무도 내심 이 생활을 행복해하는 건 아닐까. 내가 한순간에 모든 걸 바꿔버려도 될까. 나무의 의견을 물어볼 수도 없고 딱히 허락받을 곳도 없으니 막막했다. "여러분! 나무를 제게 주십시오! 행복하게 잘 살겠습니다!" 동네에 전단지를 뿌리고 투표를 할 수도 없는 노릇이었다.

고민에 고민을 거듭하던 어느 날 밤, 공원 급식소에서 의외의 생명체들을 발견했다. 나무의 물그릇에 열 마리가 넘는 시커먼

민달팽이들이 모여 헤엄을 치고 있었다. 흙바닥을 기어와 물그릇을 타고 올라가서는 풍덩풍덩, 시각적인 충격은 그렇다 치고 저 물이 나무의 식수라는 생각에 정신이 혼미해졌다. 나무는 물그릇 근처에 다가가지도 못하고 있었다. 나는 다급하게 나무맘 1님에게 문자를 보냈다.

'나무 물그릇에 달팽이가 너무 많아요! 어떡해야 하죠?'
'날이 어두워지면 그렇더라고요. 어쩔 수가 없어요.'

망했다. 나무맘1님도 방법을 모른다니…. 고양이 건강에 가장 중요한 건 첫째도 둘째도 깨끗한 물이라고 들은 적이 있다. 이렇게 떠다 준 물도 다 얼어붙는 한겨울엔 어떡하지? 수분을 충분히 섭취하지 못해 병이라도 걸리면? 그간 애써 꾹꾹 눌러 담았던 나의 걱정꾸러미를 민달팽이가 터뜨려버렸다.

일단 편의점으로 달려가 생수 한 병을 사고 가위로 좁은 입구를 잘라내 나무가 물을 마시기 쉽도록 만들었다. 그리고 그걸 민달팽이 수영장에서 멀리 떨어진 곳에 두었다. 그걸 본 나무가 고맙다는 듯 "먀ー 먀ー." 울었다. 며칠 전에 나무맘1님과 나눈 대화가 떠올랐다.

"제 자취방이 너무 좁은데, 나무가 답답해하지 않을까요?"

"그래도 얼어 죽는 것보다는 나아요."

나무를 길에서 얼어 죽게 할 수는 없었다. 사실 나는 오래전 답을 정해놓고 자신을 납득시킬 계기를 찾고 있었는지도 몰랐다. 그런데 민달팽이들이 나의 고민에 종지부를 찍었고, 나는 나무에게 평생 깨끗한 물을 챙겨줄 집사가 되기로 결심했다.

마음을 굳히고 나니 머리가 맑아졌다. 부모가 되는 일에 면허증이 필요 없듯이, 누구나 집사가 될 수 있다. 고양이에 대해 모든 것을 알고 고양이라는 동물 자체를 끔찍하게 사랑할 필요는 없다. 육아에 무지하고 어린아이를 딱히 귀여워하지 않는 사람도 제 아이를 사랑하는 부모가 되는 것처럼 나도 할 수 있었다. 다만 준비가 필요했을 뿐이다.

그날부터 나는 집사로 새 삶을 살기 위한 준비를 시작했다.

마이너스 × 마이너스 = 플러스

"나무 보호자님?"

입양을 위해 나무를 동물병원에 데리고 간 날, 처음으로 어떤 존재의 '보호자'라고 불렸다. 그 자리엔 나무를 나보다 오래 돌봐온 다른 캣맘들도 함께였고 평생 나의 보호자였던 어머니도 계셨지만, '나무 보호자'는 나를 지칭하는 말이었다. 동네 사람들이 조금씩 나눠 가졌던 책임이 그 순간 오롯이 나에게로 왔다. 집사가 될 준비를 하느라 시간과 돈을 부지런히 들이면서도 체감하지 못했던 사실이 확 와닿는 순간이었다.

이날 나무는 급식소 앞에서 캣맘들이 준비한 분홍색 이동장 안에 제 발로 쏙 들어갔다. 생전 처음 보는 아늑한 집 모양 상자에 홀랑 낚여 그대로 약 냄새 나고 강아지들이 왕왕 짖어대는 동

잔뜩 겁먹은 나무 ㅠ ㅠ

세계 최고 적응왕
나무야, 우리 잘 지내보자!

물병원에 실려 왔다. 나무 입장에서는 가장 믿고 따랐던 이들이 웬일인지 한꺼번에 나타나더니만 이런 괴상한 공간으로 자신을 납치해온 셈이다. '세상에 믿을 인간 하나도 없어!'라고 생각하는 것 같았다. 이동장 문을 열어줬는데도 밖으로 나오기는커녕 안에서 바들바들 떨기만 하는 모습을 보니 분명했다.

나무에겐 미안하지만, 병원은 나와 함께 살기 위해 반드시 거쳐야 하는 관문이었다. 아무리 그루밍을 잘해서 외관이 깔끔한 길냥이여두 곧바로 집에 들일 수는 없나. 사람이나 같이 살 다른 고양이에게 해가 되는 전염병이 있진 않은지, 기생충은 없는지 확인이 필요하기 때문이다. 특히 곰팡이균의 일종인 피부사상균은 사람에게도 감염 위험이 있어 검사가 필수다.

검사 결과, 다행히 별다른 질병은 없었다. 다만 귓속에 가려움을 유발하는 진드기가 잔뜩 있어 치료가 필요했다. 그 외 혼합예방접종, 광견병접종 등 필요한 예방접종까지 모두 마쳤다.

남은 건 중성화수술이었다. 이건 나무의 입양을 결정하는 과정에서 나무맘1님을 비롯한 동네 캣맘들과 합의를 한 부분이었다. 당시 나무의 묘령이 10~12개월로 추정되었으므로 적기였다. 그런데 나무가 이토록 병원을 무서워하는 모습을 보니 근본적인 의문이 들었다. 집냥이에게도 중성화가 필수일까?

길냥이는 개체 수 조절을 위해 TNR이 반드시 필요하지만 무분별한 종족 번식 걱정을 하지 않아도 되는 집냥이에게도 꼭 칼을 대야만 하는 걸까? 남들이 할 땐 당연하게만 여겼던 수술을 '내 새끼'가 받아야 한다고 생각하니 망설여졌다.

> "아니 그래도, 타고난 신체 기능을 인위적으로 제거하는
> 건데… 몸에 나쁘지 않을까요?"

이 질문에 대한 전문가와 집사들의 답은 백이면 백 일치한다. 산이나 들에 사는 고양이가 아니라 사람과 함께 살아가는 '반려묘'라면 중성화를 하는 게 오히려 몸에 이롭다는 것이다.

짝을 찾을 기회가 단절된 채 보내는 발정기는 고양이에게 어마어마한 스트레스를 준다. 발정기가 온 고양이는 집 밖의 길냥이 울음소리를 듣고 열린 문이나 창문을 통해 탈출을 감행하기도 한다. 이로 인해 유기묘가 되거나 최악의 경우 교통사고나 낙상사고로 사망할 수도 있다. 그래서 사람과 고양이의 안전한 공동생활을 위해서는 생후 1년 내외의 적당한 시기에 반드시 중성화수술을 해줘야 한다.

나무는 그렇게 소중한 신체의 일부를 잃게 됐다. 수술은 순식간에 끝났다. 자궁을 들어내야 하는 암컷과 달리, 수컷의 중성화

수술은 '땅콩(항문 근처에 있는 둥근 모양의 음낭)'을 잘라내는 게 전부다. 환부를 핥지 못하도록 플라스틱 깔때기를 목둘레에 완장처럼 두르고, 드디어 나무가 우리 집 문턱을 넘었다.

집으로 들어서며 생각했다. '아마도 나무가 제 발로 이 문턱을 다시 넘는 일은 없겠지….' 고양이가 목줄에 적응하고 사람의 손에 이끌려 산책을 나서는 건 아주 드문 일이기 때문이다. 집냥이들은 이동장에 실려 병원 나들이를 할 때 빼고는 대개 평생을 실내에서 지낸다. 너른 공원을 누비던 자유 영혼에서 '어쩌다 집냥이'가 된 이날 하루, 나무는 생식 능력 외에도 많은 것과 작별인사를 해야 했다.

고양이가 인간과의 공존을 위해 많은 것을 잃어버리듯, 사람도 고양이와 살면서 포기하는 것들이 생길 터였다. 그래도 이젠 어쩔 수 없다. 나는 이 노란 줄무늬 고양이와 한배를 탔다. 마이너스와 마이너스를 곱하면 플러스니까, 서로 잃는 게 있어도 함께하면 무언가 새롭게 채워지겠지.

처음 누워본 내 침대에서 천연덕스럽게 기지개를 켜는 나무를 보고 있으니, 아무것도 겁나지 않았다.

나무를 기억하는 사람들

2018년 방영한 드라마 〈마더〉 속 이야기다. 주인공 강수진(이보영)의 양모 차영신(이혜영)은 죽음을 앞두고 뜻밖의 선물을 받는다. 바로 수진의 친모가 간직하고 있던 딸의 어릴 적 사진과 배냇저고리였다. 여덟 살 수진이를 입양했던 영신은 자신이 본 적 없던 딸의 모습에 왈칵 울음을 터뜨린다.

암 투병 중이던 차영신 캐릭터와는 상황이 많이 다르지만 나도 비슷한 경험을 했다. 인터넷에서 내가 입양하기 전 나무의 모습을 우연히 발견한 것이다. 〈중앙일보〉에 연재했던 '어쩌다 집사'에 대한 짤막한 소개글을 올린 블로그였는데, 아무리 봐도 나무를 아는 사람 같았다. 그렇게 업로드된 글들을 하나하나 읽어보다 알았다. 블로그의 주인장은 바로 나무맘1 님이었다.

나무맘1 님은 그곳에 자신의 손을 거쳐간 동네 길냥이들의 이야기를 수년간 차곡차곡 기록하고 있었다. 그 기록 사이에서 내가 놓쳤던 날들의 나무를 봤다. 나를 볼 때와는 조금 다른 눈빛을 하고, 훨씬 작은 몸집으로 공원의 초록을 즐기는 나무. 내가 아닌 다른 사람들의 관심과 사랑을 받는 나무. 나무를 천천히 나에게로 인도해준 시간의 기록들이 인터넷이란 공간에 남아 있었다.

블로그 속 나무 이야기에 마침표를 찍은 건 나였다. 나무맘1 님은 겨울이 오기 전 가족을 찾게 된 나무를 '복도 많은 놈'이라고 불렀다. 글을 읽으면서 드라마 속 차영신처럼 나도 모르게 눈물이 났다. 그게 어떤 감정이었는지는 지금도 잘 모르겠다. 슬퍼할 일도 아니었고, 오히려 반갑고 고마운 마음이 더 컸는데 왜 눈물이 났을까. 너무 반갑고 또 너무 고마워서였을까.

이런 일도 있었다. 남동생이 동네 친구와 밥을 먹다 '누나가 얼마 전부터 공원에서 엄청 예쁜 길냥이를 데려와 키우고 있다'는 이야기를 했단다. 그러자 그 친구는 "혹시 얘야?" 하고 묻더니 제 핸드폰 사진첩에서 나무 사진을 보여주더라는 것이다. 일산에 길냥이가 나무 한 마리만 있는 것도 아닌데 어떻게 그럴 수가! 심지어 나무가 살던 공원에서 조금 떨어진 아파트 단지에 사는 친구였는데 말이다.

나무는 이렇게 잘 지내고 있습니다. :)

세상에, 나무 너… 연예인이야 뭐야! 포털사이트에서 과거 사진이 검색되질 않나, 지역 주민이 사진을 간직하고 있질 않나. 새삼 우리 집 돼지, 아니 고양이의 스타성을 실감했다.

나무의 친구였던 초딩들도 빼놓을 수 없다. 고양이 나이 계산법을 적용하면 7개월령은 사람의 12세 정도로, 아깽이 시절은 지났지만 아직 성묘는 아닌 이 시기의 고양이를 '캣초딩'이라고 부른다. 당시엔 나무가 귀찮음을 꾹 참고 초딩들과 놀아주고 있는 거라 생각했는데 사실은 정신연령이 비슷해서 잘 맞았던 건지도 모르겠다.

중성화수술 직후, 나무는 서울의 내 자취방으로 오기 전에 일산 본가에서 며칠간 살았다. 그때 어머니가 아파트 엘리베이터를 함께 탄 초딩에게 이런 질문을 받았다. "여기 ○층에 나무가 산다면서요?" 대체 우리 집 층수까지 어떻게 알았지? 요즘 애들의 정보력이란…. 어머니는 "잠깐 지내고 있는데 곧 서울로 이사 갈 거야." 하고 알려주셨다. 그 정보 또한 금세 학교에 퍼졌을 거다. 여전히 잘 지내고 있다는 소문도 누가 내줬으려나.

이렇듯 나무를 기억하는 사람들의 존재는 매일 나의 책임감을 일깨운다. 모두의 기억 속 나무보다 지금의 나무가 불행해서는 안 된다는 생각에서다. 그렇지만 내가 뭘 잘했는지는 모르겠다. 그저 나무가 바뀐 환경에 빠르게 적응해준 덕에, 무엇이든 잘 먹고 잔병치레 없이 건강하게 지내준 덕에 지난 시간을 무사히 지나온 것뿐이다.

나무맘1 님은 가끔 연락을 주고받을 때마다 "나무 얼굴에 사랑받는 티가 나요."라는 말을 한다. 이 녀석이 포만감이 적은 다이어트 사료 때문에 불만에 차 있는 건 아닌지, 집에 혼자 있는 동안 외로움에 시달려 우울해하진 않는지 늘 걱정인 나에게 그 말은 아주 큰 격려가 된다.

나무를 한 번이라도 만났던, 나무의 이야기를 한 번이라도 들어봤던 모든 이에게 전하고 싶다.

"벌써 다섯 살이 된 나무는 여전히 사랑스럽고, 그때보다 조금 더 귀엽고, 매일매일 창의적인 말썽을 부리면서 아주 잘 지내고 있습니다."

집사 길들이기, 참 쉽죠?

과거 고양이는 쥐나 작은 새를 잡아먹고 사는 야생 동물이었다. 인간과 함께 살아온 기간은 길게 봐야 9천 년 정도라고 하니, 3만 년에 달하는 개와 인간의 인연에 비하면 현저히 짧다. 그러니 '고양이는 제멋대로' 같은 인식이 생긴 것도 무리는 아니다. 사람을 따르는 습성이 상대적으로 DNA에 덜 새겨졌기 때문이다.

이름을 불러도 와주지 않고 때론 돌아보지도 않고, 살갑게 안겨 있다가도 갑자기 화들짝 놀라 도망가고 마는 고양이. 수천 년에 걸쳐 길들이기에 실패하면서도 인간은 고양이를 포기하지 않았다. 오히려 반려동물로서 고양이의 인기는 폭발적이다. 일본은 2017년부터 반려묘 개체 수가 반려견을 추월했고, 한국에서는 '나만 없어 고양이!'라는 말이 유행어가 됐다.

집사들은 반려묘와의 기묘한 관계를 이렇게들 이야기한다.

"인간이 고양이를 길들인 게 아니라 고양이가 인간과의 생
활에 적응한 것이다."

 인간에게 제압되기는커녕, 인간의 집을 제멋대로 활용하며
적당히 배부르고 등 따습게 묘생을 살다 가는 요령을 고양이가
스스로 터득했다는 의미일 거다.

 같이 살아보면 그 말에 납득이 간다. 나무는 놀랍도록 빠르게
나의 집에 적응했다. 알려준 적도 없는데 가구와 물건의 쓰임새
를 나름대로 파악하더니, 되레 주도권을 잡기 시작했다. "아니
왜 그걸 그렇게 써!"라고 물어봤자 내 입만 아프다. 고양이님이
그렇다면 그런 거다.

 우리 집 현관은 나무의 돌침대다. 나무가 가장 좋아하는 장소
중 하나로, 차갑고 딱딱한 타일 위에 누워 현관 턱에 고개를 걸
치고 나를 관찰하는 걸 즐긴다. 시원한 바닥을 좋아하는구나 싶
어 여름엔 대리석 조각도 따로 사줬지만 이 널찍한 돌침대를 이
기지 못했다. 돌침대에 놓인 신발들은 쿠션이다. 나무가 한 번
누웠다 일어나면 사정없이 구겨져서, 아끼는 신발은 꼬박꼬박
신발장에 넣어야 한다.

 문제는 현관이 외부의 흙과 먼지가 고스란히 모이는 공간이
라는 점이다. "제발 깨끗한 곳에 누우면 안 되겠냐!" 빌어도 봤

여기만큼 아늑한 곳이 없다옹!

누나, 더 큰 전기장판이 있었으면 좋겠어···.

지만 소용이 있을 리가. 나무는 절대 '여기가 제일 좋은데 좀 누워 있으면 안 돼?'라는 듯, 허락을 구하는 표정을 하지 않는다. '내 침대가 여긴데 어딜 가라는 거냥?' 식의 당당한 얼굴이다. 집사는 그냥 현관을 물걸레로 자주 닦을 뿐이다.

고양이는 높은 곳을 좋아한다고 해서 캣타워를 두 개나 샀지만 냉장고 등반을 막을 수는 없었다. 싱크대로 폴짝, 정수기 위로 폴짝. 그리고 한 번 더 뛰어오르면 금세 냉장고 정상이다. 사람 손 닿을 일이 없어 먼지가 곧잘 쌓이는 곳인네, 나무는 여기에 수시로 올라가 배를 대고 누워서 집 안을 관망한다. 집사는 환장한다. 거길 어떻게 매번 청소하란 말이냐! 하지만 별수 있나. 싱크대 물소리가 들릴 때마다 후다닥 냉장고에 올라가 설거지하는 나를 내려다보는 나무가 귀여우니까 부지런히 먼지를 닦아줘야 한다. 참고로 나는 청소를 아주 싫어하는 사람인데…. 나무야, 내가 널 이렇게 사랑한다.

내 가까운 친구들은 대부분 '1ㄴㄴㄴㄴㄴㅣㅣ;;' 같은 메시지를 한 번 이상 받아봤다. PC용 메신저가 켜진 노트북을 급습한 나무의 작품이다.

하루가 멀다 하고 현관에 드러눕기에 시원한 곳만 좋아하는 줄 알았더니 그것도 아니었다. 열기를 내뿜는 노트북 자판은 전기장판으로 쓴다. 그래서 집에서 작업할 때는 회사에서보다 몇 배는 더 자주 '저장' 버튼을 누르는 버릇이 생겼다. 나무가 언제 또 철퍼덕 주저앉아 무차별 타이핑을 시전할지 모르기 때문이다.

쇠로 된 틀에 천을 씌운 형태의 의류 수납함은 낮잠 전용 해먹이다. 옷이 가득 담기지 않았을 때 윗부분이 아래로 푹 꺼지는 느낌을 좋아하는 것 같다. 그래서 철 지난 옷을 보관할 때도 수납함을 가득 채우지 않고 공간을 조금 비워둔다.

그 외에도 누나의 요가 매트는 발톱으로 뜯고, 각종 택배 박스는 이빨로 뜯는다. 물고 뜯는 데는 이것만 한 장난감이 없나 보다. 누나가 옷을 사고 얻어오는 큼직한 종이 쇼핑백은 아늑한 '숨숨집(고양이가 몸을 숨길 수 있는 공간)'이 된다. 나무는 나의 집에서 매일 부지런히 자기만의 공간을 확보하고, 새로운 물건에서 자기만의 쓰임새를 찾아낸 뒤 나에게 적응을 강요한다.

그래서 나는 오늘도 설거지 쇼 전망대에서 주스를 꺼내 마시고, 낮잠용 해먹에서 옷을 꺼내 입은 뒤, 나무가 아끼는 쿠션을 신고 출근해서, 전기장판을 두드려 기사를 쓴다. 나무는 지금쯤 돌침대에 누워 있을까? 어서 퇴근하고 닦아주러 가야지!

○ 제 2 장 ○

너를 알아가는 시간,
육묘일기

나무가 들려주는 소리들

EBS 프로그램 〈세상에 나쁜 개는 없다〉에서 강형욱 훈련사가 이런 말을 했다.

> "강아지들은 보호자가 없는 동안 내가 어떤 행동을 하고 있었는지를 보호자에게 다 이야기해주고 싶어 해요. '오늘 우체부 아저씨가 두 번이나 왔다 갔어.', '옆집 사람이 소리를 조금 크게 질렀어.' 정말 이런 이야기를 해요."

그러니 귀가 직후에는 반려견의 이야기를 한동안 경청해주는 게 좋다는 조언이었다. 참으로 구체적이고 그럴듯하다. 그가 강아지로 살았던 전생을 기억한다는 추측이 괜히 나온 게 아니다.

강아지가 그렇다면 고양이는 어떨까? 전생에 고양이였다는 사람을 아직 찾지 못해 물어볼 기회가 없었지만, 나무에게는 강형욱 훈련사의 이야기가 적용되는 듯하다. 퇴근 후 만나는 나무는 정말이지 엄청난 수다쟁이기 때문이다. 현관문이 열리는 순간부터, 혹은 밖에서 번호키를 누르기도 전부터 나무는 나의 귀가를 알고 '애옹애옹'을 시작한다.

처음 눈이 마주칠 때면 유독 '애오오오오오옹—' 하고 길게 늘여 소리를 내는데, 마치 '왜 이제 오냐아아앙—' 하고 투정을 부리는 것 같다. 그 뒤로는 내 발밑을 졸졸 쫓아다니며 부지런히 무어라 말을 건다. 그럼 나도 모르게 대답을 하게 된다.

"응. 그랬어?"

"먀옹—."

"그랬구나, 우리 나무!"

"먀아아—."

뭘 그랬다는 건지는 물론 나도 모른다. 나무의 이런 모습은 맨 처음 우리 집에 왔을 때와는 사뭇 달라진 부분이다. 중성화수술을 마치고 일산 본가에 막 도착했을 땐 세상에 이렇게 조용한 동물이 다 있나 싶었다. 길에서 마주칠 땐 말이 제법 많았는데, 낯선 집에 오더니 입을 꾹 닫아버린 것이다. 옷걸이 밑에 숨어들어서는 몇 시간씩 나오지 않고 이름을 불러도 대답하지 않았다. 나무를 방에 두고 거실에서 TV를 보고 있노라면 내가 집에 고양이를 데려왔다는 사실을 잠시 잊어버릴 정도였다.

그랬던 나무가 이토록 과감한 찡찡이가 되어버린 현재를 나는 긍정적으로 해석하려 한다. 이게 다 주인 의식을 갖게 되었다는 방증 아니겠나. 이 집이 편안하고 집사가 만만하니까 입이 트인 게다.

재밌는 건 고양이가 '야옹' 하고 입을 연다고 해서 다 똑같은 소리를 내는 건 아니라는 점이다. 가끔은 갓난아기처럼 '으애앵' 하고 울 때도 있고, 병아리처럼 '빡!' 할 때도 있다.

'배고파!', '밥 줘!', '화장실 치워줘!', '놀아줘!', '거기 만져주면 좋아!', '이제 그만 자자!' 아마 이렇게 많은 이야기를 돌아가면서 전달하고 있는 거겠지. 이젠 뭔가를 요구하는 중인지, 기분이 좋은지 싫은지 정도는 구별이 되지만 여전히 구체적인 내용은 알 길이 없다. 가끔은 '왜 이렇게 내 말을 못 알아 듣냐!'라고도 말하는 것 같다. 주인님의 의중을 모두 헤아리지 못하는 건 다 집사가 부족한 탓이다.

나무는 울음소리 외에도 전에 없던 다양한 소리들을 집으로 들여왔다. 고양이의 언어를 모르는 나는 나무가 내는 다른 소리에 더 귀 기울일 수밖에 없다.

'까드득까드득' 소리는 사료를 잘 씹어 먹고 있다는 뜻이고 '찹찹찹' 소리는 물을 마시고 있다는 뜻이다. 물그릇을 놓아준 적 없는 위치에서 이 소리가 들릴 때도 있는데, 그건 내가 마시려고 컵에 따라둔 물을 마셔서 그렇다.

'슥슥슥' 소리는 배가 고파서 까끌까끌한 혀로 빈 밥그릇을 핥을 때 난다. 여기에 쇠가 '철컹'거리는 소리가 더해지면 부엌에 놓인 빈 프라이팬을 핥는다는 뜻이므로 방에서 튀어 나가 프라이팬을 치워야 한다.

밥을 맛있게 먹고 입맛을 다실 땐 '옹양양' 혹은 '앙냥냥' 하는데, 먹을 걸 준 적이 없는데 이런 소리를 낼 때가 집사를 가장 소름 돋게 하는 순간이다. 창밖을 보며 '꺅, 꺄각, 깍' 거릴 땐, 날아다니는 참새나 제비를 사냥하는 상상을 하는 중이다.

발톱으로 스크래처를 긁는 소리와 이빨로 택배 박스를 뜯는 소리도 미묘하게 다르다. 안에 방울이 들어 있는 공을 굴려 '딸랑딸랑' 소리를 내는 건 '내가 지금 이렇게 혼자 공을 굴릴 정도로 심심하니까 어서 나랑 놀아줘!'라는 뜻이다. 바닥을 '우다다다' 뛰어다니는 소리가 들리면 흐뭇하다. 운동을 하고 있다는 뜻이기 때문이다(참고로 아래층은 주차장이라 층간소음 걱정이 없다).

내가 이렇듯 안테나를 곤두세우고 있어도 나무는 집사와의 소통에서 한계를 느낄 수밖에 없을 거다. 그래서일까. 나무는 기회가 생길 때마다 창밖의 길냥이들에게 꾸준히 말을 건다. 내 옆에 가만히 앉아 있다가 창가로 후다닥 뛰어갈 때가 있는데, 이때 닫혀 있던 창문을 열어보면 길냥이들이 집 앞에서 반상회를 열고 있다.

친구들이 하는 말이 더 잘 들릴수록 나무의 목소리도 커진다. 길냥이들이 받아주든 말든 나무의 연설은 한동안 계속된다. 열변을 토하는 나무를 가만히 지켜보자면 무슨 말을 하는지가 궁금해진다. "얘들아 너희도 거기서 그러지 말고 얼른 쓸 만한 집사 하나 잡아!" 이런 내용일까? 아니면 "너희는 누나 없지? 나는 있지롱." 하고 놀리고 있는 걸까?

부디 "다이어트, 웬 말이냐! 간식 시간, 보장하라!" 같은 아우성은 아니길 바란다.

인테리어 파괴자

혼자 사는 공간에 대한 로망이 있었다. 취업 준비를 하면서 남들의 합격 후기보다 '자취방 10평 인테리어' 따위의 글을 더 많이 봤다. 직장인이 되면 회사 가까운 곳에 나만의 생활 공간을 만들고 예쁜 가구와 소품들로 가득 채우고 싶었다. 인테리어 관련 블로그를 수도 없이 봤더니 그리 어렵지도 않을 것 같았다.

하지만 현실은 호락호락하지 않았다. 어렵게 구한 자취방에는 공포의 체리색 몰딩와 초록색 창틀이 있었다. 공간도 생각보다 너무 좁았다. 그 작은 방이 집이란 기본적인 기능을 하도록 만드는 게 우선이었으므로, 꿈꾸던 인테리어는 당연 뒷전으로 밀렸다. 나의 첫 자취는 그렇게 현실과 타협하며 시작됐다. 그렇다고 포기한 건 아니었다. 2년 뒤 이사 가는 집에서는, 어떻게든 지금보단 잘 해볼 수 있을 거라 내심 기대하고 또 기대했다.

그렇게 위태롭게 지켜온 인테리어 희망의 불씨는 예상외로 쉽게 꺼졌는데, 바로 내 인생에 나무가 등판하면서다. 내 집은 나무 님의 안락한 생활을 위해 존재한다. 고로 나무 님이 편히 자고 신나게 뛰어놀 수 있는 집이 곧 예쁜 집이다. 북유럽 감성의 미니멀 인테리어? 하하, 그런 게 다 무슨 소용인가(근데 왜 눈물이 나지?).

고양이가 사는 집은 티가 난다. 어린이이기 자라는 집 거실엔 뽀로로 블록 매트가 깔려 있고 식탁 모서리마다 실리콘 보호대가 끼워져 있는 것과 같은 이치다. 뽀로로 매트는 애가 자라면 치울 수나 있지, 고양이에게 필요한 물건들은 지금이나 10년 뒤나 딱히 달라질 게 없다.

모든 집사의 집에 공통적으로 있을 법한 요소는 일단 화장실이다. 사람만 사는 집에 있을 리가 없는 모래 담긴 화장실이 한 개 이상 꼭 필요하다. 수요가 많은 제품인 만큼 나름대로 다양한 디자인이 있긴 한데… 예뻐 봤자 화장실이다. 그리고 쓰다 보면 중요한 건 역시 디자인보다 기능이다.

우리 집 가구 색깔과 잘 맞는다고 고양이가 불편해하는 화장실을 쓰게 할 수는 없다. 고가의 제품은 좀 나을까 싶지만 비쌀수록 디자인은 점점 SF장르가 되는데, 자동으로 대소변을 치우

최애템들과 함께♡

새우튀김 포즈로 유혹하는 중

고 모래날림을 최소화하는 등 최첨단 기능을 탑재하고 있기 때문이다.

거실이며 방이며 여기저기에 요상한 모양의 펄프 소재 조형물이 놓여 있기도 한데 바로 스크래처다. 고양이가 발톱을 세워 뜯으며 스트레스를 풀도록 해주는 필수품으로, 대부분 고양이가 그 위에 앉아 쉴 수 있게 생겼다. 그냥 납작한 사각형 모양부터 소파형, 기둥형, 사람 입술이나 고양이 얼굴 등 특정 모양을 구현한 디자인 등 형태는 가지가색이다. 스크래처는 맘만 먹으면 인테리어 소품으로 손색없을 정도로 예쁜 제품을 찾을 수도 있다. 물론 문제는 역시 가격이다.

아주 좁은 집이 아니라면 또 안 살 수 없는 게 캣타워다. 고양이는 높은 곳을 좋아하고 수직적인 이동을 즐기기 때문에 오르내릴 수 있는 구조물을 꼭 갖춰주는 게 좋다. 캣타워도 그 종류가 매우 많고 크기와 재질 또한 다양하다. 합판 구조물에 벨벳 느낌의 인조 모피를 덮은 제품들이 저렴하지만 내구성이나 위생 면에서 좋지는 않다. 알록달록한 색감도 진입 장벽이다. 튼튼하고 디자인이 깔끔한 제품은 대개 원목 재질이다. 고로 비싸다.

큰맘 먹고 수십만 원짜리 원목 캣타워를 산다고 해도 그 거대한 물건이 집에 잘 어울리냐는 별개의 문제다. 다보탑이 국보라고 해도 군이 집에 들여놓고 싶지는 않은 것처럼….

이처럼 집사는 철저히 고양이의 습성과 행동반경을 기준으로 공간을 채운다. 감각적인 디자인을 내세운 제품들이 없는 건 아니지만, 앞서 말했듯 선택의 제1기준은 기능성이다. 그다음은 가격. 그렇게 경제력이 평범한 집사가 고양이에게 필요한 물건들을 합리적인 가격에 사 모으다 보면 어느새 파괴된 인테리어와 마주하게 된다.

내 집, 아니 나무의 집엔 플라스틱 재질의 거대한 화장실과 다섯 개의 스크래처, 두 개의 캣타워가 있다. 그 외에도 세숫대야만 한 세라믹 정수기와 쌀통처럼 생긴 자동배식기, 온 집 안에 널브러진 공, 깃털, 인형 등의 장난감들이 나무의 존재를 알린다.

고양이 장난감들은 어린아이 장난감처럼 분홍, 노랑, 초록 등 선명한 색감에 귀여운 디자인이다. 집에 찾아오는 친구들은 문을 열자마자 웃음을 터뜨리곤 한다. "여기… 네 집이 아니네? 고양이 집인데?" 알록달록 총천연색의 깜찍한 장난감들은 나도 아직 적응이 안 된다.

집을 한 바퀴 둘러보며 거대한 캣타워와 놀이기구 같은 터널 장난감, 우주선 모양의 새빨간 이동가방, 거실의 대리석 침대까지 확인한 친구는 말한다.

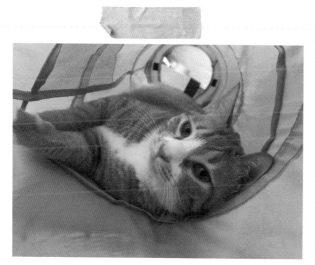

고양이 터널=나무 아지트

"여기 완전히 나무 월드구먼!"

맞습니다. 저는 나무에게 얹혀살고 있지요…. 사실 꿈의 인테리어란 수시로 바뀐다. 내 취향도 달라지고 유행도 흘러간다. 나무와 함께 살면서 오히려 마음이 편해졌다. 이젠 아무래도 좋다. 내 집은 나무만 있으면 완성되니까. 그렇게나 끔찍하던 초록색 창틀도 나무가 올라가 앉으면 그림 같았다. 쓰고 있을 때 편한 콩깍지는 굳이 벗을 필요가 없다.

나의 나무, 내 집 인테리어를 박살내러 온 나의 구원자.

말할 수 없는 비밀

아주 비밀스러운 이야기를 하려고 한다. 5년째 함께 사는 나무도 까맣게 모르는 사실이다. 어렴풋이 눈치를 챘을 수도 있지만 직접 말해준 적은 없다. 계속 몰랐으면 해서 최대한 티를 내지 않고 있다. 나무는 목욕물이 몸에 닿을 때를 제외하고는 매우 둔한 녀석이라 아직 모르고 있을 가능성이 높다. 놀라지 마시라. 나는 사실, 고양이 알레르기가 있다.

내가 고양이 알레르기라니! 나무와 같이 살아보기 전까지는 상상도 못 했던 일이다. 공원에서 만난 나무를 손으로 그렇게 만져대도 아무렇지 않았고, 고양이를 키우는 친구 집에서 몇 달을 함께 지낼 때도 전혀 문제가 없었기 때문이다. 그래서 동물을 너무 사랑하지만 알레르기 때문에 키우지 못한다는 흔한 고민은

다 남의 이야기인 줄로만 알았다.

그래서 초반엔 부정했다. '눈가가 간질간질하고 재채기가 잦아지고 집에만 가면 콧물이 흐르는 증상'이 나무를 데려온 이후에 생겨난 것 같지만 그게 나무 때문은 아닐 거라고. 그러던 어느 날, 나무와 뽀뽀를 했다가 입술 위쪽이 빨갛게 부어오른 뒤로는 인정하지 않을 수가 없었다. 왜 이제야 알레르기가 나타난 것일까…. 나무와 함께 꽃길만 걸을 줄 알았는데 몰랐던 복병이 튀어나오니 슬프기까지 했다.

친구 집에서 내가 멀쩡했던 이유에 대한 나름의 분석은 다음과 같다. 첫째, 친구네 고양이 리옹이는 나에게 뽀뽀를 하지 않았다. 둘째, 리옹이는 내 옆에서 자지 않았다. 셋째, 친구 집은 넓었다. 바꿔 말하면 나와 나무가 좁은 원룸에서 얼굴 박치기와 뽀뽀를 밥 먹듯이 하고 잘 때마저 옆에 꼭 붙어 있으니 이런 일이 벌어진 거다.

고양이 알레르기는 보통 '고양이 털 알레르기'로 알려져 있는데, 실제 이 알레르기를 유발하는 건 고양이의 타액이라고 한다. 고양이는 온몸에 침을 바르며 그루밍을 하는데, 그 털이 빠져 날아다니면서 알레르기의 원인이 되는 거다. 실내에 고양이 털 밀도가 높아지고, 침이 직접 닿는 애정 표현이 빈번할수록 알레르기는 심해질 수밖에 없다.

나무가 누군가. 동네에 소문이 자자했던 개냥이(강아지처럼 사람을 잘 따르는 고양이)다. 집냥이가 된 후 업그레이드된 애교는 말도 못한다. 내가 외출 후 집에 들어오면 겉옷을 벗고 손을 씻는 동안 발밑을 졸졸 따라다닌다. 퇴근 세리모니를 해달라는 것인데, 양 볼을 붙잡고 코를 맞대고 뽀뽀를 해줘야 '오케이!' 하고 돌아간다.

컨디션에 따라 정도가 다르긴 하지만 뽀뽀를 하고 나면 대개 나무와 닿았던 코끝이나 입술 윗부분이 잠시 붉게 변한다. 한쪽 눈두덩이가 부어서 다래끼가 났나 싶었는데 다음 날 아침 감쪽같이 나았던 적도 있다. 알레르기 때문에 순간적으로 부어올랐던 것이다. 주말 내내 외출하지 않고 집에서 나무와 같이 있으면 딱히 접촉하지 않아도 코가 유독 간지럽다.

물론 병원도 갔었다. 이비인후과와 안과에서 약도 다 타봤다. 진료를 받을 때면 매번 '답정녀' 모드로 질문을 하곤 한다.

"저처럼 알레르기 있는데 고양이 키운다는 사람 많죠?"

"네."

"심할 때 약 챙겨 먹으면서 지내면 괜찮겠죠…?"

"원인이 없어지지 않으면 알레르기도 사라지지 않습니다."

안타깝게도 의사 선생님들은 절대 내가 원하는 답을 주지 않는다. 동지들의 진심 어린 조언이 필요했다. 수십만 명의 집사가 모여 있는 온라인 커뮤니티에 자문했다. 역시 나와 비슷한 처지의 집사는 적지 않았다. 고생할 걸 알면서 고양이와의 스킨십을 포기하지 못하는 바보도 나 하나가 아니었다.

집사 선배들은 여러 가지 구체적인 해결책을 제시했다. 영양제의 힘을 빌려서라도 면역력을 기를 것, 운동할 것, 가려운 피부에는 보습을 잘 해줄 것, 청소를 자주 할 것, 죽은 털(이미 빠졌는데 고양이 몸에 붙어 있는 털)을 제거하는 빗질을 자주 해줄 것 등…. 나무를 바꿀 수는 없으니 내가 바뀌고 함께 쓰는 공간이 바뀌어야 했다. 원룸 계약이 끝난 뒤 두 배 가까이 넓은 집으로 이사한 이유도 8할이 나무였다. 집이 넓어진 뒤로는 확실히 알레르기 증상이 나아졌다.

스킨십 빈도를 줄여야 한다는 조언도 당연히 있다. 하지만 이건 지킬 자신이 없다. 피부는 잠깐 가렵고 말지만 고양이를 안았을 때, 고양이와 눈을 마주하고 코를 부빌 때 받는 위안은 그 어떤 것과도 비교할 수 없기 때문이다. 특히 지친 하루를 마치고 귀가한 직후에는.

그래서 나는 앞으로도, 나무 앞에서 가끔 알레르기 약을 까먹는 것 외에는 절대 티를 내지 않을 생각이다. 나무가 누나의 알레르기를 알고 의기소침하거나 더 이상 뽀뽀를 해주지 않으면 어떡하나! 건강에 좋다는 걸 다 챙겨 먹고 귀찮음을 이겨내며 운동을 할지언정 나무와 하는 뽀뽀를 포기할 순 없다.

물론 이 녀석은 내가 알레르기가 있든 없든 아랑곳하지 않고 얼굴을 들이댈 가능성이 더 높긴 하지만…. 어쨌든 나무에게는 비밀이다. 쉿!

사막 한가운데서

"남의 똥을 치운 건 내 인생에 처음 있는 일이야."

해외 출장으로 집을 비운 동안 나무를 돌봐준 친구의 소회를 들고 한참 웃었다. 나에게 '나무 똥 치우기'는 양치나 설거지처럼 일상적인 일이 되었지만, 사실 사람은 웬만해선 남의 똥을 치울 일이 없다. 자식을 낳거나 반려동물을 입양하지 않는 이상은 말이다.

누군가의 똥오줌을 치워준다는 건 그만큼 꽤 상징적인 일로, 그 대상을 완전하게 책임지고 챙긴다는 것을 의미한다. 단순히 귀여워하고 놀아주는 일을 넘어 즐거움과는 거리가 먼 일까지 감수한다는 뜻이다. 남의 배설물을 매일 치우면서 상태가 어떤지 유심히 살펴보기까지 하는 일을 사랑 없이 하기가 어디 쉬운가.

고양이는 독특한 습성이 있다. 바로 자신의 배설물을 남이 볼 수 없게 숨기려는 본능이다. 일을 본 뒤에 주변의 흙이나 모래를 발로 긁어와 배설물을 덮는다. 부끄러움을 알아서라기보다는 자신의 흔적을 남기지 않기 위해서인데, 야생에서 배설물의 냄새는 적이나 먹잇감에 자신의 위치를 노출하기 때문이다.

천적의 위협을 받거나 사냥에 나서지 않는 집고양이들에게도 이와 같은 본능은 남아 있다. 그래서 고양이를 키울 때는 사료만큼이나 화장실에도 신경을 써야 한다. 단순히 깅소를 지정해주고 배변 패드를 깔아주는 것으로는 부족하다. 배설물 은폐 욕구를 해소할 수 있게 꼭 모래를 함께 놔주어야 하는데, 진짜 모래는 아니고 소변을 보면 딱딱하게 굳는 고양이 화장실 전용 모래가 따로 있다.

이 때문에 고양이의 배설물을 치우는 과정은 조금 독특하다. 모래와 함께 '감자' 모양으로 응고된 소변과 '맛동산(고양이 똥이 손가락 모양의 그 과자처럼 생겨서 이런 별칭이 생겼다)'처럼 생긴 대변을 모래 속에서 찾아내야 한다.

마치 내가 사료라는 씨를 뿌리면 나무가 열심히 열매를 만들어 모래 속에 묻어두는 것 같다. 나는 밭에서 작물을 캐는 심정으로 매일 밤 삽을 들고 배설물을 건져낸다. 이 과정은 냄새가

지독하고 귀찮다는 점만 빼면 나름의 재미가 있다.

문제는 모래가 화장실 안에만 고이 들어 있지 않다는 점이다. 고양이가 화장실을 드나들 때마다 주변에 튀거나, 고양이 몸이나 발바닥에 묻어서 집 안 곳곳에 흩뿌려지는데 이를 '사막화'라고 부른다. 말 그대로 집 안을 온통 모래밭으로 만든다는 뜻이다. 사막화는 털 날림과 더불어 집사들의 오랜 고민 중 하나다.

고양이 용품 쇼핑몰에는 사료만큼이나 다양한 종류의 모래들이 있다. 냄새를 잘 잡아주는 모래, 먼지 날림이 적은 모래, 물에 녹아서 양변기에 바로 버릴 수 있는 모래, 입자 크기가 큰 두부모래 등…. 나무는 밖에 사는 동안 진짜 흙모래에서 배변을 처리했기 때문에 최대한 그와 유사한 모래를 선택했다. 입자가 작고 잘 흩어지는 '벤토' 모래였다. 그리고 그 모래는 나와 나무의 작은 원룸을 사막으로 만들었다. 방바닥이 모래로부터 자유로운 시간은 청소 직후 몇 시간에 불과했다. 아무리 쓸고 닦아도 하루만 지나면 현관부터 부엌까지 여기저기서 모래가 밟혔다.

처음엔 '이게 집사의 길이려니' 하고 참다가 '도저히 이렇게는 못 살겠다'는 지경에 이르렀다. 알아보니 모래를 사용하지 않는 방법도 있긴 했다. 배변 훈련을 통해 사람의 변기를 쓰게 하는 것이다. 성공만 하면 신세계가 따로 없다며 추천하는 친구도 있었지만, 이미 자기 습관이 확고한 나무를 바꿀 자신이 없었다. 걸어 나오는 과정에서 모래가 털리게끔 하는 계단형 화장실은 작은 집에 두기엔 크기가 너무 커서 포기해야 했다.

　아무래도, 모래를 바꿔야 할 것 같았다. 고양이들이 가장 선호한다는 벤토 형태를 포기하더라도 말이다. 알갱이가 커서 청소가 쉬운 두부 모래 또는 우드 펠렛 모래를 알아보던 차에 획기적인 화장실을 발견했다. 고양이 화장실은 보통 커다란 박스 안에 모래를 부어놓는 형태인데, 이 화장실은 두 개의 층으로 되어 있었다. 위층엔 입자가 큰 전용 모래, 아래층엔 소변 패드를 깔아두는 식이었다. 대변은 모래층에 걸러지고, 소변은 아래로 흘러내려 패드에 흡수된다고 했다. 나무가 적응만 해준다면, 사막 탈출은 물론이고 훨씬 더 위생적인 배변 활동이 가능하겠다는 희망이 생겼다.

　전용 모래 가격이 기존에 쓰던 것에 비해 비싸고, 4~5일에 하나씩 쓰고 버리는 소변 패드를 따로 사야 한다는 단점이 있었지만 망설임 없이 주문했다. 바닥에서 모래만 없어진다면 그 정도 비용은 투자할 수 있었다. 나는 잔뜩 들떠서 택배가 도착하기도 전부터 '기가 막힌 화장실'을 샀다며 동네방네 자랑을 했다. 하지만 그런 자랑은 나무가 새 화장실과 모래에 성공적으로 적응한 뒤에 해도 늦지 않았다.

씹어 먹을 수만 있으면 세상에 가리는 사료라곤 없던 나무가, 똥 싸는 모래는 까다롭게 가릴 수도 있다는 사실을 나는 미처 몰랐던 것이다.

새 화장실 증후군

잘 먹고 잘 싸고 잘 자는 것. 아기를 키우는 부모는 이 세 가지를 지키기 위해 24시간 내내 온 신경을 곤두세운다. 그러고 보면 나무는 참 착한 아이였다. 지나치게 잘 먹어서 사람 밥까지 탐내고, 가르친 적도 없는데 정해진 장소에서 배변을 처리하고, 매일 밤 네 다리 쭉 뻗고 잘 잤으니. 안 먹고 안 싸고 안 자서 속 썩을 일은 없었다. 화장실 교체를 시도하기 전까지는.

"내가 마냥 개냥이인 줄로만 알았지? 나도 예민할 줄 아는
고양이라고!"

나무는 이런 말이 하고 싶었던 걸까. 그냥 좀 다르게 생긴 모래에다 응가만 하라는 것뿐인데! 뭐가 그렇게 싫은지 나무는 한

달 넘게 새 화장실 적응을 거부했다. 화장실과 모래를 한꺼번에 바꿔서 적응이 더 어려웠을지도 모른다. 하지만 어쩔 수 없었다. 사막화를 막아줄 새 모래는 입자가 커 소변을 흡수하지 않고 아래로 흘려보내기 때문에, 소변 패드를 넣을 칸이 따로 있는 전용 화장실을 무조건 써야 했다. 그런데 화장실을 바꾸면 나무는 온종일 대소변을 꾹 참으니 미칠 지경이었다.

결론부터 말하자면, 끈기와 인내 그리고 약간의 창의력으로 나는 나무를 새 화장실에 적응시켰다. 그리고 사막에서 해방됐다. 새 화장실, 새 모래 속에 수줍게 숨어 있던 '맛동산'을 처음 발견한 순간에는 눈물까지 흘릴 뻔했다. 한 달 이상 마음 졸이며 시도했던 다양한 방법을 순서대로 정리해봤다.

1. 배설물을 옮겨둔다

'고양이 화장실 교체 101'에 해당하는 가장 기초적인 방법. 기존 화장실에 쌌던 배설물을 새 화장실 모래 위에 옮겨둔다. 배설물 냄새를 통해 새로운 장소를 화장실로 인식하게끔 하는 것이다. 이 방법만으로 새 화장실에 무난히 적응한다면 당신의 고양이는 천사다.

화장실 두 개를 나란히 두고 새 화장실에 배설물을 옮겨봤지만, 나무는 오래된 화장실만 찾았다. 새 화장실에 앞발을 집어넣고 모래를 휘적거리기만 할 뿐, 절대 안으로는 들어가지 않았다.

2. 모래를 섞는다

나무가 쓰던 모래는 자연의 흙과 비슷한 질감이었다. 새로 산 모래는 제습과 탈취 효과를 내세운 '제올라이트' 소재로, 알갱이 하나하나가 지름 5밀리미터 정도의 작은 원기둥 모양이었다. 모래가 발에 닿는 느낌, 냄새, 긁을 때 나는 소리 등 모든 게 이전과 달랐다.

이처럼 알갱이 형태가 전혀 다른 모래로 바꿀 때는 두 가지 모래를 섞어가며 서서히 적응시키면 좋다. 원래 쓰던 화장실에 새로운 모래를 조금씩 섞는 것이다. 그러면 '엥, 발에 이상한 게 걸리네?'에서 '아, 이런 게 있어도 화장실이구나!'로 생각이 옮겨가게 된다. 이론상으로는 그렇다.

새 모래 비율을 꽤 늘렸는데도 곧잘 이용을 하기에 화장실을 새 걸로 바꿨다. 혹시 몰라서 새 화장실 안에 기존 모래도 조금 섞었다. 하지만 나무는 귀신같이 새 화장실을 알아채고 발길을 끊었다. 나는 몇 시간을 기다리다 마지못해 옛날 화장실을 다시 꺼내길 반복했다. 나무가 대소변을 참다가 스트레스를 받거나 병이라도 생길까 무서워서 옛날 화장실을 오래도록 치우지 못했다.

3. 쌀 때까지 기다린다

나의 소심함이 나무의 적응을 막고 있는지도 몰랐다. 대안이 없으면 어쩔 수 없이 새 화장실을 쓰겠지? 나는 강수를 두기로 했다. 기존 화장실을 치우고 새 화장실만 꺼내둔 뒤 출근을 감행했다. 그러고는 나무에게 신신당부했다.

"쉬 마려우면 저기 가서 싸야 해! 저기 싫으면 바닥에라도 싸! 옛날 화장실 없이도 싸보는 거야!"

퇴근 후, 대변은커녕 소변의 흔적 하나 없이 깨끗한 화장실 상태를 본 나는 기겁을 하고 옛날 화장실을 꺼냈다. 나무는 집에 돌아온 집사보다 화장실을 더 반가워하며 폴짝 안으로 뛰어들어 갔다.

4. 포기한다

화장실을 꼭 바꿔야 할까? 자식 이기는 부모 없다는데, 바닥에서 모래 좀 치워보겠다고 애를 이렇게 고생시켜야 하나…. 나무는 원하는 곳에 응가를 할 자유가 있다. 사막화를 막겠다는 인간의 이기적인 욕심이 나무의 평화롭던 배변 생활을 송두리째 흔들고 있었다.

결국 원래 쓰던 화장실을 제자리에 두었다. 다 떨어져 가던 기존 모래도 다시 주문했다. 그냥 이 모래를 오래오래 쓰라는 신의 계시인지, 원 플러스 원이어서 두 봉지나 왔다.

5. 화장실 두 개를 합친다

새 화장실을 통째로 기존 화장실 안에 집어넣는 방법이었다. 새 화장실의 사이즈가 좀 더 작아서 가능했다. 이렇게만 하면 알갱이가 큰 전용 모래의 이점을 누리면서 낯선 느낌을 줄일 수 있었다. 나무가 어느 정도 적응을 마친 새 모래와, 절대 포기하지 않는 오래된 화장실의 퓨전 형태였다.

다음 날 아침, 두근거리는 마음으로 모래에 삽질을 하다가 꿈에 그리던 존재를 발견했다. 다른 생명체의 배설물이 이렇게 반가울 수가! 환호가 절로 나왔다. 산삼을 발견해도 그보다 기쁘진 않았을 거다.

6. 새로운 세상과 인사하세요

역시 시작이 중요했다. 한 달을 애태우다 새 모래에 첫 볼일을 본 나무는 언제 그랬냐는 듯 새 화장실에 빠르고 완벽하게 적응했다. 이젠 오래된 화장실이 없어도 새 화장실을 편하게 이용한다.

내가 시도한 방식들이 정답은 아니다. 화장실과 모래의 종류는 다양하고, 여기에 적응해야 하는 고양이도 제각각이니 집사는 각자의 해답을 찾아야 한다. 어쨌든 화장실 교체가 필요한 시점이라면, 집사에겐 전에 없던 인내심과 창의력이 요구된다는 말이다.

더 이상 집 안에서 모래가 밟히는 일은 없다. 고양이를 키우며 이렇게 사소한 일에서 행복을 찾는 법을 배운다. 모래 바닥과의 이별은 단언컨대 근래 경험한 최고의 소확행, '작지만 확실한 행복'이었다.

자나 깨나 물 조심

나무는 내가 만만하다. 나무가 집주인이고 나는 집사니까 당연한 소리다. 싱크대의 빈 그릇을 핥고 벽지를 물어뜯고 책상 위 물건을 바닥으로 떨어뜨리는 등 하지 말라는 행동들을 눈 하나 깜빡 않고 계속한다. 고함을 치고 혼을 내도 잠깐 현장을 피했다가 슬그머니 다시 돌아온다.

그런데 집사가 물을 들면 이야기가 달라진다. 나무는 물을 끔찍하게 무서워하는데, 말썽을 멈추지 않을 때 분무기에 물을 담아 몸통이나 다리에 뿌리면 곧바로 줄행랑친다(단, 얼굴 쪽에 뿌리는 건 금물). 이젠 분무기를 흔들어 찰랑거리는 물소리만 들려줘도 효과가 있다. 하다 하다 도저히 말로 안 될 때 꺼내는 방책이다.

나무뿐 아니라 대부분의 고양이는 물과 친하지 않다. 어디에

나 예외는 있지만 절대다수가 그렇다고 하는데, 고양이의 조상이 사막에서 왔기 때문이라는 설도 있다. 물이 몸에 닿기만 해도 기겁을 하고, 마시는 물의 양도 개에 비해 적다. 반려견과 주인이 함께 들어가는 수영장과 해수욕장이 하나둘 생겨나는 가운데 고양이 물놀이장은 찾아볼 수 없는 것도 단지 반려묘 수가 적어서는 아니다. 대부분의 고양이에게 물놀이란 그저 고문에 불과해서다.

물이 고양이에게 극도의 스트레스를 주기 때문에 집냥이들은 아주 가끔, 몇 개월에 한 번씩만 목욕을 한다. 밖에 살던 길냥이를 주워 와도 당장 물 목욕을 시키지는 않는다. 물티슈나 젖은 수건으로 꼼꼼하게 닦은 뒤, 고양이가 새로운 공간에 적응하고 안정을 찾으면 그때 씻기는 게 옳은 방법으로 알려져 있다. 스스로 털을 고르고 청결을 유지하는 '그루밍' 습성이 발달한 것도 어쩌면 목욕을 최대한 가끔 하기 위해서일지도 모른다.

나무도 함께 살기 시작한 지 4~5개월 지나서야 첫 목욕을 했다. 목욕 시킬 타이밍을 기다리면서 내심 기대했다. "우리 나무는 성격이 순둥순둥 태평한 게 왠지 목욕을 좋아할 것 같아!" 물론 헛된 기대였다. 분무기로 물을 살짝만 뿌려도 도망가기 바쁜데 목욕을 좋아할 리가 없었다. 목욕하는 내내 나무는 목이 쉬어라 울어대며 욕조를 탈출하기 위해 필사의 몸부림을 쳤다. 발톱도 있는 대로 세워 내 몸을 마구 찍었다. 고양이를 목욕시킬 땐 팔다리를 감싸는 두꺼운 옷에 고무장갑으로 중무장을 해도 모자란다는 걸 그땐 미처 몰랐다.

첫 목욕을 마친 나무의 표정을 아직도 잊을 수가 없다. 욕실에서 최대한 먼 방으로 도망가서는 삐쭉삐쭉한 젖은 털을 그루밍할 정신도 없이 털썩 주저앉아 '세상에 믿을 인간 하나도 없어….'라는 허탈한 표정으로 땅만 쳐다보던 그 모습.

물이 너무나도 무서운 나무는 나까지 물로부터 구하려고 한다. 불 난 곳에 소방관이 달려오듯, 집 안 어디든 물소리가 나는 곳엔 나무가 달려간다. 누나가 욕실에 들어가 세수를 해도 후다닥, 설거지하려고 싱크대에서 물을 틀어도 후다닥, 다급하게 달려와서는 물의 위험성을 경고하듯 여느 때보다 소리를 높여 운다. 샤워를 하려고 욕실 문을 닫으면 울음소리는 한층 더 구슬퍼지는데, 누나가 물 요괴에게 잡혀가는 줄 아는 게 분명하다.

그만 좀 울라고 문을 열어놓으면 막상 욕실 안으로 들어오진 않는다. 누나를 지키고는 싶지만 물속으로 뛰어들 자신은 없는 거다. 나무는 누나가 물줄기를 뚫고 살아 돌아올 때까지 문밖에서 애처롭게 바라만 본다. 이토록 나를 걱정하는 나무를 보면 고

누나는 내가 지킬 거야!

이토록 나를 걱정하는 나무

양이가 무심하다는 것도 다 틀린 말이다. 적극적인 애정 표현보다 걱정하는 마음에서 사랑을 느낄 때가 있다. 욕실 앞에서 나를 기다리는 나무를 볼 때가 바로 그런 순간이다.

자나 깨나 물 조심, 꺼진 물도 다시 보느라 바쁜 나무야. 물도 알고 보면 그렇게 나쁜 녀석은 아닌데…, 다음 목욕 때는 조금만 친해지면 안 될까?

'고양이 확대범'의 고백

늦었지만 나의 죄를 고백한다. 고의는 없었으나 결과를 완전히 예측하지 못한 행동도 아니었다. 사랑해서 그랬다는 변명은 진부하지만 진실이다. 지금은 깊이 뉘우치고 있다. 다시는 같은 일이 반복되지 않도록 노력하고 있지만, 잘못을 바로잡기부터가 쉽지 않다. 그렇다. 나는 '고양이 확대범'이다.

오해하지 마시라. '학대'가 아니고 '확대'다. 처음 데려올 때 3.8킬로그램에 불과했던 나무의 몸무게가 지금은 6.8킬로그램에 달한다. 최고치를 찍었을 때는 7킬로그램도 살짝 넘겼다. 사람처럼 고양이도 살이 한번 찌니 쉽게 안 빠진다.

이처럼 고양이를 너무 잘 먹여 살을 포동포동 찌우고 몸집을 확대시킨 집사를 우스갯소리로 '고양이 확대범'이라 부른다. 나는 나무 한 마리만 키우니까 전과 1범이지만, 여러 마리씩 키우는 집사 중엔 상습범도 많다. 고양이 확대란 한번 맛보면 끊기 힘든 범죄임이 틀림없다.

고양이 확대는 나무와 같은 길냥이나 유기묘를 데려온 집사들이 주로 저지른다. 영양 상태가 상대적으로 좋지 못해 마른 체형이었던 고양이일수록 확대가 쉽기 때문이다. 집사가 밥 달라고 애원하는 고양이를 떨쳐내지 못하는 마음 약한 성격이거나, 이왕 먹이는 거 최고로 영양가 높은 음식만 제공하자는 타입일수록 확대는 빠르게 진행된다.

난 마음이 유독 약한 사람도 아니었고, 나무에게 최고로 비싼 사료를 사주지도 못했다. 그저 나무가 평소에 먹던 만큼의 사료와 참치 캔과 '츄르(싫어하는 고양이를 거의 찾을 수 없는 짜 먹는 형태의 대표 간식)'를 챙겨줬을 뿐이다. 하루 한 번은 사료 위에 고양이용 가다랑어포도 솔솔 뿌려주었다. 밖에 살 때도 캣맘들이 늘 밥그릇에 사료를 넉넉하게 채워주고 수시로 간식도 줬으니, 집사 된 도리로 그 이상은 해줘야 한다는 생각이었다. 그런데 이 생각에는 줄어든 운동량에 대한 계산이 빠져 있었다.

길냥이 시절 나무는 너른 공원을 자유롭게 뛰어다니고 심심하면 나무도 탔다. 항상 가득 채워져 있는 사료 그릇에서 원하는 만큼 밥을 먹었지만, 운동량이 상당했기 때문에 살은 찌지 않았다. 하지만 이제 집냥이가 된 나무는 좁은 집 안을 걸어 다니고 캣타워를 오르내리는 게 고작이다. 간식의 양을 줄이거나 어떻게든 운동하도록 노력해야 했는데, 집냥이 생활 초반엔 살이 좀 붙는 게 당연하다고 생각해서 그냥 두었다. 확대범으로서 가장 뼈저리게 반성하는 부분이다.

나 혼자만 저지른 일은 아니어서 억울한 면도 있다. 사실은 공범이 있는데, 바로 가족들이다. 나는 어머니께 손주를 안겨드릴 수도 있는 나이에 고양이를 안겨드렸다. 고양이의 눈빛이 음산해서 싫다던 어머니는 이제 "세상에 고양이만큼 우아하고 아름다운 존재는 없어."라고 말할 정도로 나무를 아끼신다.

어머니는 으레 할머니가 손주에게 그러하듯 나무에게 한없이 관대하다. 나무를 보러오실 때마다 사료는 정해진 시간에만 줘야 하고, 간식도 추가로 더 주면 안 된다고 당부하지만, "저렇게 우는데 어떻게 모른 척을 하냐."면서 황태 채를 물에 불려주시곤 했다.

남동생도 마찬가지다. 동생이 놀러 올 때면 나무는 하악질(공기 소리를 내며 공격 의사를 표현하는 행동)로 첫인사를 대신한다. 이제 친해질 때도 됐는데 좀처럼 형으로 인정할 마음이 없나 보다. 그렇다 보니 나무와 조금이라도 더 가까워지고 싶은 동생은

거대 식빵 굽는 중인 나무 🍞

종종 간식을 이용한다. 한번은 내가 여행을 다녀온 사이 나무가 엄청나게 살이 쪄 있었는데, 나무를 돌봐줬던 동생은 양심 고백을 했다.

"그때 사실… 간식을 좀 많이 줬어."

단기간 고양이 확대에 있어서는 동생이 나보다 더 프로다.

고양이가 중성화수술을 받았다면 확대범에게도 정상 참작의 여지가 있다. 체중 증가는 중성화의 가장 일반적인 부작용이기 때문이다. 생명체의 기본 욕구 중 하나를 잃어버린 고양이는 식욕을 해소하며 모든 스트레스를 푼다. 나무도 예전에는 밥그릇에 사료를 남겨뒀다가 나중에 먹기도 했는데, 요즘은 사료를 주기 무섭게 설거지하듯 싹싹 비운다. 제 사료를 다 먹고 매번 집사의 밥까지 탐낸다. 불과 5분 전에 사료를 먹고도 5시간 전에 먹은 것처럼 울 때도 있다.

물론 모든 고양이가 사료 봉지 속 모델 고양이처럼 날씬한 몸매를 유지해야 하는 건 아니다. 나무는 원래 조금 마른 편이었으니, 몸무게 숫자가 늘어난 게 꼭 문제만은 아닐 수도 있다. 하지만 "갈비뼈가 만져지지 않으니 살을 좀 빼야겠다."는 수의사 선생님의 '뚱냥이(뚱뚱한 고양이) 인증'까지 듣고 나서는 더 이상 나의 혐의를 부정할 수 없었다.

　고양이 학대범은 대략 다음과 같은 벌을 받는다. 다이어트 때문에 늘 고양이에게 만족스러울 만큼 사료를 주지 못해 마음이 아프고, 간식을 주며 교감하는 즐거움도 포기해야 한다. 6킬로그램이 넘는 고양이가 들어간 이동장을 들고 병원을 다녀올 때면 어깨가 끊어질 것 같다. 문제는 나쁜 손버릇이 하루아침에 고쳐지지는 않아서, 가끔 나도 모르게 소량이지만 간식을 주게 된다는 점이다. 그럴 때마다 마음속으로 이렇게 정당화를 한다.

　'병원에서도 천천히 빼야 한댔어. 그리고 나무는 그리 심한 비만이 아니야. 봐봐, 이렇게 귀여운데?'

　아무래도 벌 받는 기간이 빨리 끝날 것 같지는 않다.

차라리 돼지가 나아

"나무가 밥을 남겼어."

이 한마디면 내 주변 사람들을 까무러치게 할 수 있다. 나무의
먹성을 한 번이라도 실제로 본 이들은 모두 다음과 같은 반응을
보인다.

"뭐?!"
"거짓말 하지 마."
"병원 가봐야 하는 거 아냐?"

나무가 두 발로 서서 걸어 다닌다거나 갑자기 중국어로 노래
를 불렀다 해도 "그놈 그거 언젠가 그럴 줄 알았어."라고 말할 사

람들에게도 밥을 남기는 건 있을 수 없는 일인 거다.

나무 사전에 '기호'란 없다. 그 어떤 사료나 간식도 가려 먹는 법이 없어 난 아직도 이 녀석의 취향을 모르겠다. 뇌에서 '배부름'을 인지하는 부분이 고장 난 것 같기도 하다. 사료를 얼만큼 주든 그 자리에서 모두 해치우기 때문에 자율 배식도 할 수 없다.

나무는 하루 다섯 번, 시간을 정해 제한 급식을 하고 있다. 야생에서 수시로 작은 동물을 잡아먹으며 공복을 해소하는 고양이의 습성을 고려하면 조금씩 자주 급여하는 게 이상적이라는 말을 들어서다. 그렇다면 네다섯 시간에 한 번은 뭔가를 먹는 셈인데도 나무는 나와 눈만 마주치면 배고픈 척을 하며 처량하게 운다. 하다 하다 내 밥까지 탐내고는 뭐 핥아 먹을 게 없나 싱크대를 기웃거린다. 그런 애가 밥을 남긴다니!

믿기 힘들겠지만 그런 일이 아주 가끔 실제로 일어나긴 한다. 외출하고 돌아왔는데 자동배식기에 사료가 그대로 남아 있을 때가 있다. 충격과 공포에 휩싸여 "나무야! 왜 맘마를 안 먹었어!" 하고 부르면 기지개를 켜며 침대에서 내려와 허겁지겁 사료를 해치운다. 이건 자다가 사료 나오는 소리를 못 들은 일시적 현상으로 걱정할 일은 아니다.

문제는 이런 상황이 반복될 경우다. 보통은 자동배식기가 작동하는 소리에 0.1초만에 반응해서 뛰어나오는데, 사료가 밥그릇에 소복이 담겨 있는데도 나와보지 않거나 킁킁 냄새를 맡아보더니(네가 언제부터 그랬다고) 몇 입만 먹고 자리를 뜬다거나 혹은 깨작거리며 사료를 사방에 흘려놓고 주워 먹지도 않을 때는 정말 이보다 더 절망적일 수가 없다.

평소엔 입 짧은 고양이를 키우는 집사가 내심 부러웠다. 애가 밥을 너무 안 먹어서 제발 먹어달라고 고사를 지낸다고 했다. 하루 먹을 양을 한꺼번에 밥그릇에 부어준다고? 그럼 배가 고플 때마다 알아서 조금씩 나눠 먹는다고? 다른 세상 이야기였다. "어쩜… 애가 그렇게 먹을 것을 멀리하니, 우아하고 기품 있어. 우리 집 돼지는 심심하면 쓰레기통을 뒤지는데?"라고 늘 말했다. 그런데 막상 나무가 밥을 잘 안 먹으면 불안해서 미치겠는 거다.

"아이고, 의사 선생님. 저희 애는 목구멍으로 넘길 만한 건
그게 뭣이 됐든 집어삼키던 애인데…."

경험상 원인은 크게 두 가지다. 첫 번째는 먹으면 안 되는 걸 먹었을 때로, 비닐이든 휴지든 뭔가 잘못 집어 먹고는 속이 불편해서 밥을 못 넘기는 경우다. 주로 내가 집을 비웠을 때 이런 사

태가 발생한다. 집사는 사고로 이어질 모든 가능성을 차단하고자 노력하지만 무에서 유를 만들어내는 '창조 말썽'을 당해낼 재간이 없다. 쓰레기통을 숨겨둔 화장실 문을 제 발로 열고 들어간 적도 있는데, 문고리를 계속 건드렸더니 어쩌다 열렸겠지? 고로 밥을 남긴다는 건 조만간 잘못 삼킨 무언가를 토해낼 것이라는 예고와도 같다.

고양이는 딱히 잘못 먹은 게 없어도 종종 구토를 하는 동물이라 이를 대수롭지 않게 여기는 집사도 많다. 하지만 나무는 소화력이 어마어마한지 좀처럼 토하는 법이 없어서, 이를 목격할 때마다 집사의 시청각적 충격이 상당하다.

보통은 집 안 곳곳에 널린 토사물을 나중에 발견하곤 하지만 토하는 모습을 실시간으로 본 적도 있다. 고양이가 토할 땐 꼭 이상한 소리가 난다. 꿀렁꿀렁, 꾸르꾸륵, 웩웩, 토기가 올라 헛구역질하는 사람처럼 고개를 앞뒤로 움직이며 토사물을 역류시킨다. 그 과정을 안절부절못하며 바라만 봐야 하는 심정이란, 하늘이 무너지는 것 같다. 그래도 토하고 나면 이내 상태가 괜찮아진다.

두 번째는 환경의 변화 때문인데, 이건 좀 고양이다운 이야기다. 장소든 사람이든 나무는 자신을 둘러싼 환경이 바뀌어 스트레스를 받으면 바로 먹고 싸는 일에 문제가 생긴다.

　지난해 여름, 이사를 앞둔 친구가 우리 집에 2주 정도 머문 적이 있다. 나무한테 먼저 허락받지 못한 건 미안하지만, 워낙 자주 놀러 오고 내가 집을 길게 비울 때마다 나무를 돌봐주던 친구여서 괜찮을 줄 알았다.

　　"나는 그 누나 좋게 생각했어. 근데 딱 우리 집에서 자고 가
　　기 전까지만."

　뭐 대충 이런 생각인 건지, 새 식구가 생기고 며칠이 지나자 나무의 배변 활동에 이상이 왔다. 화장실이 이틀 내내 깨끗했다. 내보내질 못하니 잘 먹지도 않았다. 친구가 머무는 방에서 가장 먼 위치로 화장실을 옮기고, 사료를 물에 말아주며 음수량을 강제로 늘리자 다행히 해결됐다.

　최근엔 내가 이사를 하느라 나무에게 연달아 스트레스를 줄수밖에 없었다. 이삿날엔 나무를 동생 집에 두어야만 했다. 처음 가보는 공간에서 또 고장 난 인형처럼 있을까 싶어 하루 전날 함께 가서 지내기까지 했는데도, 이사가 끝나고 가보니 하루 종일 굶고 있었다. 그런 나무에게서 나는 간절함을 읽었다.

"누나, 여기 어디야? 빨리 우리 집에 가자."

미안해 나무야, 이제 그 집 없어…. 새 집에 와서도 역시나 이불 속에 틀어박혀 식음을 전폐했다. 침대 위에 물과 사료를 대령하면 조금씩 먹긴 먹었다. 병수발이 따로 없었다. '유동식', '강제급여' 등의 단어가 머리를 스치고 지나갔다. 반려동물 키우기는 8년의 육아와 8년의 병수발이라던데, 나중에 정말로 나무가 나이가 들어 밥을 먹기 어려워지면 매일 이렇게 쓰라린 마음으로 밥을 먹여야 하는 건가 싶었다.

내 고양이가 돼지처럼 잘 먹고, 그래서 건강한 건 행복한 일이었다. 간식을 발이 닿지 않는 곳에 숨기고 시간 맞춰 내주는 건 어려운 일도 아니다.

그러니까 나무야, 밥 남기지 말고 먹을 거 앞에서 초연해지지도 마. 칼로리 관리는 누나가 알아서 해줄게, 알았지?

귀여움이 나타났다! 거짓말이 아니라고요

"그림 있어?"

방송기자라면 수습 시절부터 귀에 못이 박히게 듣는 말이다. 네가 전하고 싶은 그 장면이 담긴 사진이나 영상이 있느냐는 소리다. 아무리 재미있는 기삿거리를 찾아낸들, 이를 영상 리포트로 빚어낼 '그림'이 없으면 말짱 꽝이다. 초등학생들도 개인 유튜브 채널 하나씩은 가지고 있다는 영상의 시대, 그림의 중요성을 누구보다 잘 아는 방송기자 출신 집사는 하루하루 충실하게 그림을 확보한다.

고양이 사진 찍기란 난도가 꽤 높은 작업이다. 바스락거리는 소리만 들려도 자세를 획획 바꾸기 때문이다. 1시간 동안 가만히 있다가도 왜 사진 좀 찍어보려고 하면 홀연히 도망가는지 알

다가도 모르겠다. '이건 찍어야 해!' 하는 생각이 드는 순간, 기척을 최소한으로 하고 핸드폰을 스윽 들어 올려 카메라를 켜고 촬영 버튼을 누를 수 있게 되기까지 부단한 노력이 필요했다. 야생 동물을 찍는 내셔널 지오그래픽 사진작가가 된 기분으로 숨을 죽이고 촬영한다. 그렇게 내 폰은 나무 아카이브가 된 지 오래다. 같은 장면에서 최고의 한 장을 건지기 위해 수십 장씩 찍어놓고는 아까워서 못 지우다 보니 사진첩이 온통 노랗다.

자랑하고 싶은 '묘생 사진'을 건졌다 싶으면 온갖 카톡방에 배포한다. 아무 사진이나 막 보내지 않는다. 이제까지와는 다른 표정이 잡혔거나, 구도가 특이하거나, 재미있는 스토리가 있거나, 하여튼 보도 가치가 있다고 판단될 때만 뿌리는 거다.

근거 없는 호들갑은 떨지 않는다. '심쿵'을 대비해 경고도 꼭 한다. '마음의 준비 됐어? 심장 붙잡았어(바닥에 떨어질 수도 있으니까)?', '진짜 심각!' 그러고 나서 회심의 사진을 올리는데 반응은 대체로 비슷하다. '헐', '귀여워ㅠㅠㅠㅠㅠㅠㅠㅠ', '귀엽다ㅋ' 흠… 자동 완성은 아니겠지.

이젠 다들 나무의 치명적인 귀여움에 익숙해진 걸까. 아니면 내 눈에만 뭔가 달랐던 걸까. 양치기 소년이 된 기분이다. 근데 소년은 거짓말로 장난을 쳤던 거고 난 아니다. 매번 사실만 전달

한다고! 고맙게도 아직까지 '야, 다 비슷한데 뭘 그렇게 보내냐?'라고 한 사람은 없다.

사진이나 영상에 다 담지 못하는 매 순간이 아쉽다. 이 상황, 이 각도에서 나무가 가장 예쁜 순간은 늘 지나가고 없다. 내 눈에만 살짝 스쳐갈 뿐. 카메라를 들어 올릴 시간도 허락하지 않거나, 애써 찍어도 두 눈으로 보는 것만 못하다. 삶의 모든 순간이 녹화되는 영화 〈트루먼 쇼〉 속 트루먼이 부러울 지경이다. 어떤 고양이의 사상 최대 귀여움을 이 세상에서 혼자만 아는 것은 집사에게 주어진 축복이자 평생 풀리지 않을 아쉬움이다.

촬영이 어렵다면 직접 보여주면 되지 않느냐고? 그건 더 어렵다. 나와 단둘이 있는 편안한 상황에서 나무는 별별 귀여운 짓을 다 한다. 바닥에 발라당 드러누워서 요리 뒤집고 조리 뒤집고, 애교도 그런 애교가 없다. 품에 쏘옥 파고들어 안긴 채 골골 댈 때 너무 행복해서 힘들 때도 잘 찾지 않는 하느님을 찾는다. 감사하다고.

나와 숨바꼭질을 하며 우다다다 신나게 뛰고, 장난감 낚싯대에 매달린 깃털을 잡으려고 점프하는 모습은 제법 맹수 같고 멋지다. 숨이 찰 정도로 운동한 뒤, 코가 빨개져서 '학학' 호흡을 내뱉을 땐 또 어찌나 사랑스러운지.

하지만 이 모든 액션이 집에 손님만 오면 쑥 들어간다. 낯선 사람이 오면 일단 옷장 밑이나 냉장고 뒤로 줄행랑치고, 조금 익숙해져서 거실로 기어 나와도 손님을 끊임없이 의식한다. 똑같은 장난감을 똑같이 움직여도 그저 멀뚱멀뚱. "사실은 평소에 잘 안 놀아주는 거 아니냐?" 하고 놀려도 할 말이 없다. 친구네 강아지처럼 앉으라면 앉고 '빵야!'에 쓰러지고 이런 건 바라지도 않는다. 그냥 평소에 하던 예쁜 짓만 계속 해주면 소원이 없겠다.

오늘도 나는 나만 볼 수 있는 나무를 두 눈에 꼭꼭 담고, 그보다는 못해도 충분히 사랑스러운 나무를 부지런히 사진첩에 담는다. 그리고 내일도 모레도 꾸준하게 외친다.

"아니, 진짜 거짓말이 아니고. 이번엔 정말로 역대급 귀여움이라고!"

이토록 달콤한 방해들

요즘은 DIY 가구들이 참 잘 나온다. 완제 가구에 비해 가격이 월등히 저렴한 데다, '조립 난이도 하', '10분이면 완성' 등의 상품 정보를 보면 혼자서도 충분히 만들 수 있을 것 같아 혹한다. 배송도 빨라서 언제 기다렸나 싶을 때도 있다. 그럼 이제 조립을 해볼까? 야심차게 박스를 열어 작업을 시작하고 이내 깨닫게 된다. '10분 완성'이란 고양이가 없는 집 기준이라는 걸.

고양이 집사의 DIY는 과정이 조금 더 복잡하다. 거의 매 단계 사이사이에 고양이가 끼어들기 때문이다. 5단 철제 서랍장을 예로 들면, 집사의 가구 조립 과정은 다음과 같다.

─ 택배 박스 위에서 고양이를 내려놓는다.

─ 박스를 연다.

— 부품을 확인한다.

— 자그마한 부품들을 장난감으로 알고 발로 차는 고양이를 말린다.

— 커다란 상자 모양으로 서랍장의 틀을 세운다.

— 그 안에서 고양이를 꺼낸다.

— 홈이 파인 선을 따라 철판을 접어 서랍 모양을 만든다.

— 그 안에서 고양이를 꺼내…려고 보니 귀여워서 사진을 몇 장 찍는다.

— 이제 진짜로 꺼낸다.

— 서랍마다 손잡이를 단다.

— 드라이버를 돌리는 동작이 재밌는지 자꾸만 달려들어 깨무는 고양이에게
   간식을 줘 관심을 돌린다.

— 서랍을 다 만들었다. 끼우려고 보니 서랍 안에 고양이가 들어 있다.

— 안아서 꺼내려고 하니 문다.

— 낚싯대 장난감을 휘둘러 고양이를 낚는다.

— 레일을 따라 서랍장에 서랍을 끼우면 완성!

집사가 뭘 하든 생전 관심도 없고 '마이웨이'이던 녀석이 꼭 집중이 필요할 때마다 훼방이다. 뒷정리도 번거롭다. 집에 모처럼 몸을 숨길 수 있는 박스가 생겼는데, 이걸 쉽게 포기해줄 리 없다. 눕혀놓은 택배 박스에서 한참을 나오지 않아 그냥 며칠 들어가 놀라고 내버려둔다. 일의 시작과 끝을 깔끔하게 맺고 싶어

오옷! 새 박스?!

좀 더 가지고 놀면 안 되냥?

도 자꾸만 미루게 된다.

이젠 너무 익숙해져서 아무렇지 않게 지나치는 많은 순간에도 나무는 나를 방해한다.

방해는 매일 아침, 때로는 아주 이른 새벽부터 시작된다. 그 시간엔 30분, 아니 10분도 굉장히 소중한데, 매일같이 나의 아침잠을 망치는 거다. 오전 6시 30분쯤 첫 끼를 주는데, 내가 먼저 일어나 밥 먹으라며 나무를 깨운 적은 단 한 번도 없다. 보통 6시부터 머리맡에서 '응나앙', '왜오옹' 하고 우는데, 울음소리로 안 될 땐 머리로 있는 힘껏 내 머리를 민다. 베개와 내 뒤통수가 맞닿은 지점을 정확히 노리고, 지렛대의 원리를 이용해 집사의 머리를 퍼 올리겠다는 듯이!

"나무야… 누나 20분만 더 자자."

아직 '취침 모드'인 스마트폰으로 시간을 확인하고 꿋꿋하게 일어나지 않으면 그땐 최후의 수단을 쓴다. 화장대에서 아이섀도, 브러시, 립스틱 등 작은 물건들을 하나씩 떨어뜨린다. "안 돼, 제발!" 아끼는 화장품이 산산조각 나는 걸 막으려면 몸을 벌떡 일으켜야만 한다.

부엌에서 요리할 때 잠시라도 한눈을 팔다간 큰일 난다. 나무는 내가 음식을 망치지 않기 위해 정신 팔린 틈을 타, 그 어느 때보다 조용히 아무 기척 없이 국물용 멸치 대가리나 도마 위에 썰어둔 어묵 등을 노린다. 뒷발로 서서 앞발로 테이블을 잡고 선 모습이 얼마나 귀여운지, 간절하면서도 용의주도한 그 표정을 발견할 때마다 기가 막히면서도 웃음이 나 카메라를 든다.

식사 중에도 마찬가지다. 상 위에 음식을 펼쳐놓고 잠시 화장실에 다녀오거나 택배를 받으러 갔다간, 김밥을 김과 밥과 채소로 해체해놓고 킁킁대는 털북숭이를 발견하게 된다. 자리를 비우지 않아도 나무의 도전은 계속된다. 테이블 사방에서 틈을 노려 앞발을 슬그머니 뻗는다. 나무와 함께한 약 4년의 시간 동안, 나는 한 손으로 수저를 들고 한 손 또는 발로 고양이를 차단하며 밥 먹는 기술만 늘었다.

집에 찾아온 중국어 선생님을 보고 하악질을 할 땐 언제고, 수업 중에 책상에 떡하니 올라와 식빵을 굽기도 한다. 드라마에 집중해 있을 때면 꼭 중요한 장면마다 TV 앞에 서서 시야를 가리고, 작업하느라 노트북을 펼치면 위에 털썩 앉아버린다.

그렇게 끝없이 방해 공작을 펼칠 때마다 그만 좀 하라며 노려보는 나를 향한 나무만의 표정이 있다. 결국은 다 집사의 관심을 얻으려는 행동이면서, 별다른 의도는 없는 척 멀뚱멀뚱. 뭘 잘못

김밥 재료가 너무 궁금했다옹-.

하고 있는지 전혀 모르고 있는 듯하면서도 '내가 이렇게 귀여운
데 좀 귀찮게 하면 어때?' 하는 듯도 한 그 표정.

　그 표정에 오늘도 나는 져준다. 세상에 이토록 달콤한 방해도
있구나 하면서.

사냥에 성공한 고양이 되기

어디서 들었더라. 강아지는 주인과 지내다 보면 자기가 사람인 줄 알고, 고양이는 집사들이 커다란 고양이인 줄 안단다. 또 어디서 들었더라. 고양이는 같이 사는 덩치 큰 고양이가 외출하고 돌아와서 먹을 것을 꺼내놓지 않으면 무능한 고양이라고 생각한단다. 사냥에 실패해 먹잇감을 구하지 못했다고 여기기 때문인데, 키우는 고양이에게 존경을 한 톨이라도 받으려면 집을 비운 뒤엔 뭐라도 간식을 주는 편이 좋다는 결론에 닿는다.

고양이의 시각이 마냥 엉뚱하지만도 않다. 내가 월화수목금, 그리고 가끔 주말에도 나무를 혼자 두고 꼬박꼬박 집을 나서는 건 결국 다 먹고살자고 하는 짓이니까. 내가 귀가 후 나무에게 줄 수 있는 건 그날 잡아온 생쥐가 아니라 찬장 속 북어 트릿(말린 북어 간식) 정도지만, 그 간식도 거저 나오는 건 아니다. 내 나름의 사냥을 통해 구한 양식들이다. 인간은 야생의 고양이와 달리 매일매일의 사냥을 한 달에 한 번 월급으로 보상받아 먹이를 구할 뿐이다.

집으로 돌아와 먹이를 주며 엉덩이를 도닥이는 시간은 친밀감 형성에도 큰 도움이 된다. 나무가 혼자 지낸 시간에 대한 일종의 위로이자 보상이다. 몸에 좋고 맛도 좋은 고양이 간식이 끊이지 않으려면 열심히 돈을 벌어야 한다. 그래서 집사는 매일 사냥을 나가는 기분으로 집을 나선다. 그럴 때마다 농담처럼 하는 "나무야, 누나 돈 벌어올게."라는 말에, 사실 농담은 조금도 섞이지 않았다.

인간들의 세상에서 '사냥에 성공한 고양이'로 남기는 녹록치 않다. 사냥은 때때로 즐겁고 대체로 버겁다. 그래, 숨 쉬듯이 "일하기 싫어."라고 말하지만 사실은 싫은 게 아니라 어렵고 버거운 거다. 내가 원해서 헤집고 들어온 사냥터가 맞는데, 어느 순간부터 왜 여기에 오고 싶었던 건지 그 이유가 가물가물하다. 한때 간절한 꿈이었고 그토록 욕심을 냈던 일이 어느새 잘하든 못하든 밥 먹고 하는 일이 됐다.

"이 사냥터는 내게 맞지 않는 것 같아, 뭘 봐도 군침이 돌지 않아. 나는 다른 먹잇감을 쫓고 싶어."

교감 중인 우리

그런 생각이 들어도 당장 어디로 가야 할지는 모르겠다. 섣불리 사냥터를 벗어났다 굶어 죽을 수도 있으니 남는다. 퇴사를 하면 축하부터 받는 세상인데, 내가 이상한 건 아닐 거야….

일을 그만둬야 할 이유는 차고 넘치는데 일을 해야 하는 이유가 하나도 남지 않았다고 느껴질 때면 나무를 본다. 아참, 나 고양이 밥 주는 사람이지. 스스로 사냥하지 못하게 집 안에 가둬둔 고양이를 위해 내가 사냥을 해야지. 그렇게 꾸역꾸역 일을 하다 보면 재미가 붙었다 떨어졌다 한다. 어느 직장인인들 안 그럴까, 하면서 버틴다.

그렇다고 나의 고양이가 괴로운 일을 계속하게 만드는 족쇄라는 뜻은 아니다. 그만둘 용기가 선뜻 나지 않아 자괴감이 들 때 책임져야 할 고양이는 썩 괜찮은 핑계다. '대단한 일을 하지 않아도 괜찮아, 나무 하나 먹여 살릴 정도면 충분해.' 하며 날 위로한다. 매일 아침 자동배식기에 사료를 채울 때, 외출하고 돌아와 간식을 꺼내줄 때, 가끔이지만 병원비 정도는 무리 없이 낼 때…. 이 정도면 사냥에 성공한 고양이로 살고 있지 싶다.

나무를 좋아해서 '나무'가 된 나의 고양이는 내 마음의 장작. 타오르는 대신 숨을 쉬면서, 내 의욕에 근근이 불을 지피는 마지막 연료다.

제 3 장

행복을 나누어 받는다,

무한묘猫력

서른 즈음에 생긴 막냇동생

아이 키우는 엄마들이 으레 '○○엄마', '○○맘'으로 불리듯, 고양이를 키운다는 소문이 퍼지고 이내 별칭까지 얻게 되었다. 가까운 친구들도 회사에서 마주치는 선배들도 '집사님', '나무 누님' 등으로 장난스럽게 나를 부른다. 종종 '나무 엄마'라고 부르는 이도 있는데, 그럴 때마다 나는 차분하게 정정한다.

"누나예요."

사실 보호자가 되어 전적으로 책임지고 키운다는 점에서는 엄마에 가까우면서, 진짜 남동생에게는 나무한테처럼 해준 적도 없으면서(미안), 나는 처음부터 나무의 '누나'이길 고집했다.

나무는 왜 나의 아들이 아닌 동생일까. 이미 사료를 씹어 먹고

115

화장실도 가리는 성묘 상태로 나에게 와서? 갓난아깽이 때부터 본 게 아니어서 나도 모르게 거리를 느꼈던 것도 있다. 사람으로 치면 이미 초등학교에 들어갔을 나무에게 갑자기 '내가 네 엄마 야.'라고 하면 얼마나 부담스럽겠나.

친구의 영향도 있다. 내가 처음으로 가까이서 접한 고양이 집사는 고등학교 단짝 친구였다. 그 친구는 자신을 '리옹이 언니'라 불렀고 나도 덩달아 리옹이의 '아는 언니'가 됐다. 그때 우리 나이가 스물둘, 엄마보다는 언니인 게 자연스러울 때이긴 했다.

공원의 나무를 만났을 때 나는 스물여덟이었다. 길에서 마주친 아기가 예뻐 미소를 지으면 '이모한테 인사해야지?'라는 아기 엄마의 말이 더는 어색하지 않을 때였다. 사실 인정하긴 싫지만 이 이유가 제일 클지도 모르겠다. 결혼이 빨랐던 친구들은 하나둘 아이 엄마가 되었지만, 나는 아직 사람이든 동물이든 어떤 대상의 '엄마'가 되는 나를 받아들일 자신이 없었다.

내가 나무에게 엄마 같은 누나가 되면서 집안의 관계도가 대충 정해졌다. 어머니는 할머니 같은 엄마가, 동생은 삼촌 같은 형이 되었다. 막둥이 나무는 정말 터울 큰 남동생처럼 나날이 씩씩한 사고뭉치로 거듭 태어났다.

너무나 귀엽지만 말귀는 조금도 못 알아듣는 남동생과 단둘이 살면서 단숨에 각별한 사이가 되는 건 쉬운 일이 아니었다. 나무는 좁은 집이 어색했고, 나는 고양이를 돌보는 데 서툴렀다. 아직 나무를 어떻게 대해야 할지 몰라 막막할 때 '리옹이 언니'가 조언을 했다.

> "좀 더 막 해봐. 너무 금이야 옥이야 어려워만 하지 말고, 과감하게 다가가 보라고."

친구가 말한 '과감하게'가 정확히 어떤 의미였는지는 모르겠지만, 나는 내 나름의 과감함으로 나무를 대하기 시작했다. 나무가 나를 깨물면 나도 같이 물고, 내 자리에 누워 있으면 그냥 깔고 누웠다(이내 할큄 당했다). 나무가 못 먹는 음식을 가지고 '먹고 싶지?' 놀려도 보고(그러다 매번 어머니께 혼났다), 진짜 남매처럼 투닥거리며 나무와 스킨십을 늘려갔다. 결과만 놓고 봤을 땐 나쁘지 않은 작전이었다. 우리는 정말 빠른 속도로 친해졌고, 각별해졌으니까.

반면 어머니는 영락없는 할머니의 마음으로 나무를 대했다. 손주가 집에 오면 찬장 속 사탕을 몰래 꺼내주고, 꾸깃꾸깃 용돈을 쥐어주곤 하시는 여느 할머니처럼 사료만 먹는 묘생이 얼마나 안타깝고 불쌍하냐며(모르는 말씀, 그거 영양소 다 확인해서 비싸게 산 거야!) 틈만 나면 '특별식'을 만들어주곤 하셨다.

황태를 물에 불려서, 소금에 절이지 않은 생선을 구워서, 닭 가슴살을 삶아서, 계란 노른자를 으깨서…, 우리가 먹는 것 중에 고양이도 먹을 수 있다 싶은 건 부지런히도 챙겨주셨다. 그러고 는 먹느라 정신이 팔린 틈을 타 뒤에서 살포시 나무를 안아보곤 하신다. 엄마와 생전 영상통화라는 걸 해본 적이 없었는데, 털북 숭이 손주 놈을 보여드리느라 종종 하게 됐다. 수화기 너머 "나무야." 하고 부르는 말에 나무가 "냐아." 대답을 하면 그렇게 좋 아하신다. 기특한 내 새끼.

어머니가 나무를 이렇게나 예뻐하는데, 나무는 아직도 낯을 가린다. 그래서 어머니가 집에 찾아오실 때마다 초조하다. 이노 무 시키가 또 하악질을 하면 어떡하지, 어머니의 섭섭함만 커지 면 어떡하지. 외할머니, 외할아버지와 아주 살가운 관계는 아니 었던 내게 조금 더 잘하길 바라셨던 어머니의 마음이 이런 거였 나 싶다.

이렇게 서른 즈음에 생긴 막냇동생 덕분에 나의 어머니는 진 짜 손주를 안아보기도 전에 할머니를 연습하고, 나는 조금 일찍 엄마를 공부한다.

소문난 마음

　"고양이는 잘 크고 있어?"

　회사 엘리베이터에서 마주치는 직장 동료들로부터 가장 많이 듣는 인사다. 고양이 키우는 이야기를 직접 나눠본 적 없는 분들도 이미 나무의 존재를 알고 있다. 보통 오랜만에 만나면 '네가 몇 기였지?', '지금 어디 부서에 있지?' 등을 질문하던 이들이 이젠 너무도 자연스럽게 나무의 안부를 묻는다. 나의 육묘가 이토록 소문난 게 민망하면서도 약간 신이 나서 대답하곤 한다.

　"이미 너무 잘 커서 더 크면 곤란해요…"

　주변의 많은 사람이 나를 보면 고양이를 떠올린다. 다른 주제로 이야기하다가도 어느새 고양이 이야기로 옮겨간다. 무더위에 관해 이야기하다 고양이를 두고 나올 때는 에어컨을 어떻게 하는지 묻는다거나, 여름 휴가 계획을 이야기하다 그럼 고양이는 누가 봐주는지 묻는다거나, 산책하는 강아지를 보며 함께 귀여워하다가 대뜸 "나무는 산책 못해?" 하고 묻곤 한다. 대화 흐름이 '기―승―전―나무'다.

재밌는 건 내가 없는 곳에서 고양이만 보고도 나를 떠올리는 사람이 많아졌다는 점이다. 나무를 데려오기 전부터 동네에 귀여운 고양이가 있다며 입이 닳도록 말했고, 인스타그램 계정까지 따로 만들어 나무를 향한 절절한 사랑 고백도 했다. 그렇게 나는 꽤 많은 친구에게 '고양이' 하면 떠오르는 첫 번째 사람이 되었다. 좋아하는 마음을 소문냈더니 주변에서 그 마음을 먼저 챙겨준다.

하루 온종일 큰 의미 없는 수다와 넋두리가 오가는 단체 카톡방들이 있다. 대부분 알림을 꺼두고, 내 이름을 알림 키워드로 설정해 나를 찾는 메시지만 놓치지 않고 살펴보는 편이다. 그런데 알림이 와 무슨 일인가 싶어 확인해보면 고양이 사진이 몇 장 올라와 있다. 지나가다 길냥이를 만나서 찍었단다. 그 길냥이가 나무를 닮았다거나, 어디가 아파 보인다거나 하는 의미 있는 부름이 아니다. '내가 귀여운 고양이를 봤어. 자랑하고 싶은데 내가 아는 사람 중 가장 확실하게 반응할 사람이 바로 너야.' 하고 그냥 부르는 거다.

그 외에도 이런저런 고양이 관련 콘텐츠가 구독 신청이라도 한 것처럼 내게 몰려든다. 간혹 인터넷에서 주운 귀여운 고양이 사진일 때도 있고, 유튜브 영상일 때도 있고, 고양이가 인덕션 레인지를 켜서 불이 났다 등의 기사일 때도 있다. 지인이 키우는 고양이, 요가 학원에 사는 고양이, 자주 가는 카페에서 돌봐주는 길냥이, 아파트 주차장에 사는 아깽이 형제 등 각자의 일상 속 고양이를 나에게 보여준다. 누구에게나 고양이 이야기를 함께 나누고 싶은 사람이 되었다는 건 즐거운 일이다.

진짜 고양이가 아니라 그림이나 모형일 때도 마찬가지다. 주말마다 집에 오는 중국어 선생님이 어느 날 선물이라며 고양이 모형 장식이 달린 민트색 샤프를 가방에서 꺼냈다.

"사내 퀴즈 대회 상품인데, 수진 씨가 좋아할 것 같아서 제가 받아왔어요."

집에 올 때마다 나무와 마주치고 수업 중에 고양이 이야기도 많이 나누다 보니, 그 샤프를 보자마자 고양이 키우는 제자가 떠올라 열심히 퀴즈를 맞혀 받아왔다고 했다. 선생님의 예상대로 선물은 집사 맘에 쏙 들게 예뻤다.

옆 부서 선배는 고양이 관련 책을 발견하면 툭툭 선물로 던져 준다. 머리끈, 트레이, 컵 뚜껑, 책갈피, 마그넷 등 고양이 모양의 소품, 고양이 그림이 그려진 엽서, 고양이 캐릭터의 카톡 이모티콘 등 주변 사람들이 오다가다 발견한 고양이들이 내게 쌓여간다.

사람을 파악하는 가장 쉽고도 정확한 방법 중 하나는 '무엇을 좋아하느냐'를 보는 거다. 좋아하는 것들은 곧 그 사람의 캐릭터가 되고 주변 사람들과 마음을 나누는 계기가 된다.

고양이를, 나무를 사랑하는 마음이 이제까지 없던 나의 새로운 캐릭터로 자리 잡았다. 나무가 나에게 준 가장 큰 선물이다.

냥덕 용어 파헤치기

"미안, 나 갑자기 총 맞아서 오늘 못 만날 것 같아."

　내가 친구들에게 종종 하는 말이다. 무시무시한 내용이지만 가까운 친구 중 누구도 이 말에 놀라지 않는다. 병원이 어디냐고 묻지도, 농담하지 말라고 화를 내지도 않는다. '총 맞는다'가 '갑작스럽게 취재 지시를 받았다'는 뜻임을 알기 때문이다. 반대로 취재 지시를 내리는 행위는 '총을 쏜다'고 한다. 기자들끼리 사용하는 은유적인 표현이다.

　어느 분야에나 그 안에서만 통하는 '전문 용어'가 있다. 의학 용어나 법률 용어처럼 지식의 영역에만 있는 건 아니고, 기자들이 서로 총을 쏘고 맞는 것처럼 원래 있는 표현이 다른 의미로 통용되기도 한다. 이건 고양이 덕후, 이하 '냥덕'의 세계에서도 마찬가지다.

날로 높아지는 고양이의 인기 덕에 냥덕 세계도 규모가 상당히 커졌다. 국내 최대 고양이 관련 커뮤니티 '고양이라서 다행이야'는 회원 수만 62만 명이 넘는다. 집에서 고양이를 모시는 집사, 길냥이를 돌봐주는 캣맘과 캣대디 또는 그저 고양이를 사랑하는 사람들이 모여 정보를 공유하는 곳이다. '냥알못'이 이 카페의 글을 읽는다면 혼란에 빠질 수도 있다. 분명히 아는 단어와 표현인데, 알고 있는 의미로는 좀처럼 해석이 안 되기 때문이다. 이를테면 이런 식이다.

'앞발에 양말 예쁘게 신은 턱시도의 가족을 구합니다!'
'창가에서 노릇노릇 식빵 굽는 ○○이 좀 봐주세요.'
'젤리에 상처가 났어요! 병원에 가야 하나요?'

'앞발에 양말을 신었다'는 건 하얀 무늬가 발끝에서부터 양말처럼 올라와 있다는 의미다. '턱시도'는 얼굴 일부와 배 부분은 하얗고 나머지 털은 검은색이어서 블랙 앤 화이트 수트를 입은 듯 보이는 고양이를 말한다. 네 다리를 배 밑으로 숨기고 납작 엎드린 자세를 '식빵 굽기'라고 하는데, 노란 줄무늬 고양이가 그렇게 앉아 있으면 꼭 오븐에서 노릇노릇 잘 구워져 나온 식빵 같다. '젤리'는 고양이 발바닥 아래 분홍색(또는 갈색, 검정색일 때도 있다)의 올록볼록하게 돋아난 살을 말한다. 대개 말랑하고 매끈한 상태를 유지하지만 고양이가 잘못 깨물거나 거친 바닥을 오래 걸으면 상처가 나기도 한다.

이처럼 냥덕들의 대화에는 보통 사람은 부연 설명 없이 이해하기 힘든 표현이 수시로 등장한다. 고양이 주인을 부르는 '집사'라는 단어부터가 그렇다. '집사'란 본래 '주인 가까이 있으면서 그 집의 일을 맡아보는 사람'이나. 세십을 고양이에게 내주고 갖은 수발을 들며 살아가는 인간들에게 그보다 적합한 표현도 없다. 대저택과 귀족이 등장하는 옛날 소설책에서나 보던 단어가 고양이 덕분에 지금의 대한민국에서 흔하게 쓰이고 있다.

고양이의 생김새를 묘사하는 표현들은 고양이만큼이나 귀엽다. 한국의 길고양이 종인 '코리안 숏 헤어'는 털 색깔과 무늬에 따라 부르는 말이 다른데, 턱시도 외에 치즈, 고등어, 삼색이, 카오스, 젖소 등이 있다.

'치즈'는 바로 나무와 같은 노란 털 고양이를 말한다. 가장 흔히 볼 수 있는 색깔이지만 그만큼 많은 사랑을 받아 '치즈냥은 진리'라는 말도 생겼다(내가 만들어낸 말이 아니다!). 인스타그램에 해시태그 '#진리의치즈'를 검색해보시라. 먹는 치즈가 아닌

찹쌀떡 솜방망이에 말랑말랑 분홍 젤리 🐾

노란 고양이 사진만 5천 개가 넘게 뜰 것이다.

등 푸른 생선처럼 회색 몸통에 짙은 줄무늬가 있는 고양이는 '고등어'라고 부른다. '삼색이'는 흰색, 검은색, 노란색의 세 가지 색 털이 섞여 있는 고양이로, 이 녀석들은 99.9퍼센트의 확률로 암컷이다. 세 가지 색 털 중 검은색과 노란색 비율이 더 높고 무늬가 온몸에 정신없이 퍼져 있는 고양이는 '카오스'라고 구별해서 부른다. 이쯤 되면 '젖소'는 어떤 고양이인지 상상이 갈지도 모르겠다. 젖소처럼 하얀 털에 검은색 얼룩무늬가 있는 고양이다.

동그랗고 한없이 보드라워 보이는 고양이의 발은 '솜방망이'다. 흰색 양말을 신어 발끝이 하얗다면 '찹쌀떡'이라고도 부른다. 얼굴 부분이 하얀데 입 주변 털에만 색깔이 있는 경우 노란색이면 '카레 자국', 검은색이면 '짜장 자국'이 묻었다고 표현한다. 그릇에 머리를 박고 카레나 짜장을 먹다가 입 주변에 잔뜩 묻힌 것처럼 보여서다. 나무는 네 발 모두 흰 양말을 신어서 찹쌀떡이 네 개고 입가에는 카레 먹은 자국이 있다. 흘리지도 않고 어찌나 얌전하게 먹었는지 아주 정직한 동그라미 모양이다.

행동 묘사도 재밌다. 발톱을 세우지 않고 솜방망이를 휘두르는 행동을 '냥냥 펀치'라고 한다. 솜방망이로 냥냥 펀치라니! 말만 들으면 타격일랑 전혀 없이 귀엽기만 할 것 같지만 맞아보면 의외로 아프다. '식빵 굽기'의 자매품으로는 '냥모나이트'가 있는데, 고양이와 암모나이트의 합성어로 고대 생물 암모나이트처럼 몸을 둥글게 말고 자는 모습을 나타낸다.

입을 크게 벌리고 날카로운 공기 소리를 내며 공격 의사를 표하는 행동은 '하악질'이라 부른다. 예민한 고양이를 처음 만나는 자리에서는 이를 경험할 가능성이 크다. 야생의 사자나 호랑이가 포효하는 모습과 비교하면 마냥 귀엽지만, 고양이는 최선을 다해 상대방을 위협하고 있는 것이니 겁먹은 척을 하고 잠시 피해주도록 하자.

집 안에서 고양이가 갑자기 미친 듯이 뛰어다닐 때가 있다. 잠자던 사냥 본능이 불쑥 튀어나와서 그렇다. 강아지들은 마룻바닥을 뛸 때 '탁탁탁' 발톱 소리가 나지만, 고양이는 발톱을 완전히 숨기고 뛰기 때문에 발바닥이 바닥과 부딪히는 둔탁한 소리만 난다. 그래서 고양이들의 이 같은 뜬금없는 질주를 '우다다'라고 표현한다. 주로 아기 고양이 때 많이 하는 행동으로 나이가 들면 뜸해진다.

'강아지파'였던 내가 고양이 용어 풀이까지 할 수 있는 냥덕으로 거듭나는 데에는 1년이 채 걸리지 않았다. 그러니 평소 고양이를 귀엽다고 생각해왔다면 절대 어려운 일이 아니다.

몰래 카레를 먹은 나무!

"공원에 치즈 두 마리가 새로 왔는데 뒷발 한쪽에만 양말 신은 애가 어미고 카레 먹은 애가 딸이에요. 공원 터줏대감 인 고등어랑은 만날 때마다 하악질을 하고 사이가 안 좋았는 데, 요즘은 벤치에 앉아서 같이 식빵 굽고 있더라고요."

이 말을 모두 이해한 당신, 이미 훌륭한 냥덕이다.

하늘 아래 같은 치즈는 없어

20대 초반엔 여름마다 핫팬츠를 즐겨 입었다. 유행이기도 했고 시원하고 편해서였다. 색깔, 워싱, 허리 높이 등 디테일이 다른 데님 핫팬츠가 족히 열 개는 있었다. 상의에 맞춰 그때그때 신경 써서 골라 입었는데, 어느 날 남자사람 친구가 내게 물었다.

"넌 이 바지가 여러 개야? 맨날 똑같은 걸 입네." 심심한 충격이었다. 정말로, 진짜로, 내가 입은 바지들이 다 똑같아 보였다고? 말도 안 돼!

색조 화장품 마니아에게 '분홍 립스틱은 다 그게 그거'라는 말만 한 헛소리도 없다. 질감, 펄감, 패키지 디자인 등 다른 요소를 차치하고서라도 하늘 아래 같은 핑크는 없기 때문이다. 서양인들이 '동양인들은 다 비슷하게 생겨서 구별이 어렵다'는 말을 하면 어이가 없다. '니들도 다 똑같이 생겼어!'라고 받아치고 싶어진다. 하지만 근육질 백인 남자에 이름까지 똑같은 크리스 프랫이랑 크리스 헴스워스는 너무 구별이 잘 되는걸. 그러니까 이건 모두 관심의 문제다.

한때는 나무와 같은 치즈냥 '리옹이'를 키우는 친구에게 나무 사진을 보여주며 "리옹이랑 나무랑 진짜 닮았지!"라고 말하곤 했다. 고양이에 무지했던 당시 내 눈엔 정말 비슷해 보여 한 말이었는데, 친구는 "응, 근데 원래 노랭이들은 다 비슷해서…." 같은 대답만 할 뿐 그다지 동의하지 않았다.

당시 나에겐 리옹이도 나무도 그저 '예쁜 노란 고양이'였던 거다. 그런데 간간이 옛날 사진을 볼 때면 깜짝깜짝 놀란다. 털 무늬, 이목구비와 표정 그리고 덩치까지 두 고양이 사이엔 무엇 하나 비슷한 게 없었던 거다.

"아니, 이렇게 다르게 생겼었단 말이야?"

'아는 길냥이'와 '나의 고양이' 사이엔 어마어마한 거리가 있었다. 이미 마음을 많이 주었고 그래서 입양을 결정했는데 '나의 고양이'를 대하는 마음은 다른 차원의 것이었다. 한국에서 가장 흔하게 볼 수 있는 코리안 숏 헤어, 그중에서도 평범하기 그지없는 노란색 치즈냥 한 마리가 이토록 특별해 보일 수 있을까.

생김새도 무늬도 모두 달라-.

치즈 옆에 또 치즈 🐱

나무처럼 얼굴 중앙인 콧잔등에 물방울 모양으로 흰 털이 난 노란 고양이는 의외로 많지만 '묘상猫相'은 제각각이다. 누가 인간만이 표정을 지녔다는 말을 했던가. 고양이들도 표정에서 성격이 그대로 드러난다. 자주 하는 귀의 모양이나 자세도 신기하게 다 다르다. 시간이 갈수록 다른 고양이들과 뚜렷이 구별되는 나무만의 얼굴이 보였다.

나무는 좀… 망충하게 생겼다. '망충하다'란 말은 귀여운 방향으로 좀 멍청하고 순진한 느낌이라는 의미인데, 표준어가 아님을 알지만 대체할 만한 단어를 못 찾겠다. 굳이 풀어 말하자면 인상이 착한데 왠지 챙겨주지 않고는 못 배기게 생겼다고 해야 할까?

그리고 거리에서 살아온 과거에 걸맞게 나름 거칠고 투박한 매력도 있다. 고양이치고는 크게 까탈스럽지 않아서 먹는 것도 안 가리고 침대든 바닥이든 아무데서나 배를 까고 대자로 누워 자는데, 그 행동에서 태평한 성격이 그대로 보인다. 가끔 사고를 치고 짓는 뻔뻔한 표정 속에는 자기가 사랑받는 걸 다 알고 있다는 능청스러움도 있다.

SNS에 넘쳐나는 반려묘 계정들, 그중에도 얼핏 나무와 비슷한 치즈냥은 수도 없이 많다. 처음엔 나무랑 완전 똑같다며 닥치는 대로 팔로우했지만 이젠 어디가 닮았는지도 잘 모르겠다. 모든 고양이는 각자의 개성이 뚜렷하다. 피드를 빠르게 획획 넘기면서, 아이디를 굳이 확인하지 않아도 누구 집사네 어떤 고양이였는지 쉽게 알아볼 수 있다. 얘는 까망이, 많이 컸네? 쟤는 코코, 눈이 너무 예뻐! 복치, 소망이, 커리, 가지, 깡순이, 호두, 완두, 온돌이….

일을 할 때는 명함만 받아놓고 얼굴은 기억하지 못하는 일이 비일비재한데 고양이 이름이랑 생김새는 어썸 까먹지도 않는다.

내 고양이가 달라 보이는 순간부터 다른 고양이의 다름도 찾을 수 있게 된다. 자, 당장은 와닿지 않아도 외워보자. 하늘 아래 같은 고양이는 없다. 모든 고양이는 특별하니까.

고양이의 품격

패션을 사랑하는 수많은 이들에게 영감을 주고 떠난 샤넬의 수석 디자이너 칼 라거펠트. 커밍아웃한 게이였던 그는 세상을 떠나는 날까지 가족을 만들지 않았다. 그런 그가 '할 수만 있다면 결혼하고 싶다'고 밝혔던 존재가 있다. 세상은 라거펠트가 우리 돈 2200억 원에 달하는 유산을 그에게 남길 거라 예상하기도 했다. 바로 불세출의 디자이너가 한눈에 반해 생의 말년을 함께 보냈던 생명체, 파란 눈에 새하얀 털이 아름다운 고양이 '슈페트'다.

라거펠트뿐 아니라, 고양이는 역사 속에서 수많은 예술가들의 뮤즈였다. 영화 〈보헤미안 랩소디〉에서 프레디 머큐리가 내 집보다 큰 방을 고양이들에게 내주던 장면을 잊을 수 없다. 화가 구스타프 클림트와 살바도르 달리, 작곡가 존 케이지, 소설가 어니스트 헤밍웨이와 마크 트웨인도 집사였는데, 특히 마크 트웨인은 평생 고양이를 33마리나 키웠다고 한다. 화가, 작가, 음악가 할 것 없이 창작의 고통 속에 살던 많은 이의 삶엔 고양이가 있었다. 그저 반려동물로 곁에 둔 게 아니라, 자신에게 영감을 주는 특별한 존재로 여기며 열렬히 사랑했다.

마크 트웨인은 책 《인간이란 무엇인가》에서 "나는 고양이의 친구이자 동지다. 더 이상의 소개는 필요없다."라고 자신을 소개했고, 레오나르도 디빈치는 "가장 작은 고양이는 하나의 걸작이다."라고 말하기도 했다.

고양이 매력의 핵심은 자신이 귀엽다는 생각을 조금도 하지 않는다는 점에 있다. 고양이는 귀여운 척을 하지 않는다. 인간의 눈에 그렇게 보일 뿐이다. 바닥에 누워 이리 구르고 저리 구르는 모양새가 분명 귀여워해 달라는 것 같았는데 "꺄악! 귀여워!" 하고 다가가 만지려고 하면 놀란 토끼 눈을 하고 밀어내다가 잽싸게 몸을 일으켜 도망간다. 그들은 자신의 어떤 행동에 인간이 앓는 소리를 내며 다가오는 행동이 '귀여워서'라고는 조금도 생각하지 못하는 듯하다.

물론 엉뚱한 귀여움이 전부는 아니다. 고양이는 우아하며, 동작 하나하나에 그들만의 품격이 있다. 꾸물거리는 털 뭉치 같은 아깽이 시절과 발랄한 캣초딩 시절을 거쳐 성묘가 된다는 건 고양이다운 우아함을 갖추게 됐다는 뜻이다.

곧게 뻗은 다리, 네 다리가 조화롭게 움직이며 완성되는 걸음걸이, 높은 곳에 오를 때도 바닥으로 뛰어내릴 때도 절대 큰 소리를 내지 않는 유연하고 가벼운 몸놀림과 때론 경쾌하고 때론 예민한 꼬리. 기지개를 켜며 그려내는 곡선마저도 기품이 있다.

고양이는 남이나 주변 상황에 휘둘리지 않는다. 즉 눈치를 보지 않는다. '이 행동을 하면 집사가 싫어했었지? 고쳐야겠어.' 이런 사고의 흐름 자체가 없는 거다.

'이게 나야! 그냥 받아들여.'

이렇게 오롯이 '자기 자신'으로 존재하면서 사랑을 받는다. 나부터가 나무의 제멋대로인 행동들에 '달콤한 방해'라느니 의미를 부여하며 알아서 이해해주고 있지 않나.

고양이는 그들만의 시간에 따라 생각하고 움직인다. 자신의 타이밍을 지키며, 상대방이 의도하는 대로 휘둘리지 않는다. 그래서 쉽게 친해질 수 없다. 귀엽고 사랑스러운 고양이를 보면 누구든 가까이 다가가 안아주고 싶겠지만 그런 행동은 금물이다.

눈을 마주치려 애쓰고 방실방실 웃는 것도 역효과다. 고양이에겐 상대방을 천천히 파악하고 조심스럽게 라포르_{Rapport}를 형성하려는 본능이 있다. 그 본능을 존중해야 한다. 제 발로 무릎 위에 올라와 골골대다가도 털을 쓰다듬으려 하면 발톱을 세우는 게 고양이다. 가장 가까운 집사에게도 모든 걸 허락하지 않는 도도함 덕분에, 집사들은 고양이의 작은 호의에도 황송한 기분을 느낀다.

정리하자면, 고양이는 높은 심미안을 가진 예술가들도 극찬할 만큼 시각적으로 이미 아름다운데, 판세를 기가 막히게 밀고 당기는 능력까지 타고났다. 나무의 밀당에 단단히 홀린 내 어머니는 "나무한테 좀 배워, 나무처럼 해봐."라는 말을 종종 하신다. 그렇게만 하면 애인이 금방 생길 것 같다며…. 하지만 전 그럴 수 없어요, 어머니.

인간은 고양이를 함부로 따라 해선 안 됩니다. 고양이만큼 귀여울 리가 없으니까요.

너의 쓸모, 너의 의미

기자 겸 집사라는 투잡 생활은 결코 쉽지 않다. 컨디션 난조로 몸이 유독 무거운 날엔 퇴근 후 만사 제쳐두고 쓰러져 자고 싶지만 그럴 수 없다. 10시간 넘게 혼자서 집을 지킨 나무가 섭섭하지 않게 말도 걸어줘야 하고, 사냥 욕구를 채워주는 낚싯대 놀이도 해야 한다. 화장실 청소도 하고 간식도 챙겨준다. 그렇게 하루치 할 일을 다 마치면 진짜로 녹초가 돼서 거실 맨바닥에 드러눕곤 한다. 손가락 하나 까딱하기 싫어서 괜히 아무 말이나 해본다.

"나무야, 물 좀 떠다 줘."

이제 한국말을 알아들을 때도 됐는데, 나무는 내 부탁 한 번을 들어주지 않는다.

"누나한테 그 정도는 해줄 수 있잖아."

그저 누워 있는 나를 제 머리로 툭툭 건드리며 더 놀자고 보채기만 한다.

나무는 이 집에서 하는 일이 없다. 개는 집을 지키고 소는 밭을 갈면서 인간과 함께 살게 되었다. 개나 소만큼 인간에게 협조적인 동물은 아니었지만, 과거엔 고양이도 쥐를 잡으며 인간 곁에 머물렀다. 우리 집엔 쥐도 없고, 내가 진짜 십사년 월납이라도 받겠는데 나무는 나에게 한 푼도 주지 않는다. 순전히 열정페이, 착취도 이런 착취가 없다.

"그 고생을 하고 키워서 뭐에 쓰니? 주인도 못 알아본다며."

가끔 이런 냉소적인 질문을 던지는 주위 사람들에게 발끈해도 딱히 할 말이 없었다. 그들의 시각에서 나무는 정말 '쓸모'가 없기 때문이다. '반려동물은 효용이 있어서 키우는 게 아니거든요?', '고양이는 귀여움으로 할 일을 다한 거거든요!', '주인 알아보거든요? 무시해서 그렇지…' 내세울 '쓸모'가 없으니 마음속으로만 반박할 뿐이었다.

그러던 어느 날, 드디어 나무의 쓸모를 발견했다. 나무와 처음

숨만 쉬어도 고마운 존재, 나무

으로 함께 맞이한 여름이었는데, 유난히 모기가 많아 매일 밤 헌혈하는 마음으로 잠자리에 들어야 했다. 잠결에 마주치는 모기는 마치 스텔스 전투기 같았다. 귀 바로 옆에서 윙윙거리다 불만 켜면 귀신같이 사라졌다. 도통 눈에 보이지 않으니 잡지도 못하고 잠도 못 자고 미칠 지경이었다.

그런데 뒤척이는 내 옆에 가만히 누워만 있던 나무가 갑자기 벌떡 일어섰다. 그리고는 아무것도 없는 벽 어딘가를 올려다보며 자세를 낮추고 사냥감을 관찰하는 포즈를 취했다. 아니, 그렇다면 이건 설마…? 나는 기척을 최소한으로 하고 이불 속에서 슬그머니 빠져나와 불을 켰다. 밝아진 방 안, 나무의 시선이 향한 곳에는 나의 피(나무 피는 아니길 바란다)를 빨아먹고 배가 불룩해진 모기 한 마리가 앉아서 쉬고 있었다.

퍽! 머리맡에 놓인 책을 들고 모기가 앉은 벽을 힘차게 가격했다. 모기는 새빨간 피를 뿜어내며 명을 달리했다. 흠칫 놀란 나무가 '내 장난감을 왜?' 하는 듯한 표정을 하고 나를 봤지만 나는 전우애를 느꼈다.

이 바보야, 너와 내가 우리의 밤을 좀먹는 유령을 함께 잡았다고! 나는 나무를 끌어안고 마구 뽀뽀를 하며 칭찬을 폭풍처럼 늘어놓았다.

"우리 나무가 모기를 잡았어요? 나무가 이제 밥값을 해요!
오구오구, 이뻐 죽겠어!"

그날 밤, 나무는 모기보다 내가 더 자신의 잠을 방해한다고 느
꼈을지도 모른다.

이후로 나는 나무의 사소한 움직임도 그냥 흘려보내지 않는
다. 나무가 갑자기 뜬금없는 장소에 집중하며 이상한 행동을 보
인다면, 거기엔 틀림없이 모기든 거미든 날파리든 나무보다 다
리 개수가 많은 무언가가 있다. 나무의 탁월한 '벌레 감지 능력'
은 벌레를 끔찍하게 싫어하는 나에게 심적 안정을 준다. 나무가
가만히 있으면 내 주변에 벌레가 없다는 뜻이 되니까.

이 얼마나 대단한 쓸모인가! 하루 24시간 귀여움을 뿜어내느
라 바쁜 나무가 벌레까지 찾아주니 집사는 그저 황송하다. 어느
날 벌레 잡는 일을 그만둔다고 해도 아쉬울 것 하나 없다.

숨만 쉬어도 예쁘고, 받는 것 없이 고마운 존재가 인생에 하나
쯤 있는 게 나쁠 건 없으니까.

이유는 설명하기 싫지만 울고 싶을 때

스마트폰 메신저가 보우하사, 난 친구들에게 아주 굉장히 시시콜콜 많은 이야기를 한다. '날씨 대박!', '배고파', '일하기 싫어' 같은 일상의 추임새부터 '저녁 먹을 건데 불닭볶음면이랑 짜파게티 중에서 골라줘' 같은 중차대한 고민까지. '남자친구가 왜 이럴까', '상사가 왜 저럴까' 등도 단골 주제다. 혼자 해도 되는 생각들을 군이 활자로 엮어 메시지를 보내고 손가락으로 수다를 떤다.

대신 내 상황과 기분을 습관적으로 공유하면서 상대방에게 매번 대단한 반응을 기대하지는 않는다. '하늘 대박이네?', '나도 배고파', '퇴사하자!'처럼 동어 반복이나 다름없는 대답이 돌아와도 좋다. 말 그대로 나의 이야기는 '혼자 해도 되는 생각들'이었으니까. 남자친구에게 잠깐 서운해도 헤어질 생각은 없다. 하던 일이 잘 안 풀려 속상해도 당장 관둘 건 아니다. 나는 이미 답을 알고 있을 뿐더러, 이런 대화에서 기대하는 건 해답이 아닌 사소한 공감이니까.

문제는 가볍게 받아쳐 주는 공감 이상의 무언가가 필요할 때다. 평소엔 그렇게 미주알고주알 다 털어놓으면서 정작 위로가 필요할 때는 입을 잘 못 열겠다. '힘들다'고 운을 뗐을 때 따라오는 "왜 그래?", "무슨 일이야?"가 무겁다.

감정 표현에는 응당 책임이 따른다. 힘듦을 털어놓는 순간, 상대방이 어떻게 반응하고 어떤 위로를 해주면 좋을지 힌트를 줘야 하는 일종의 의무가 생긴다. "이유는 이야기하고 싶지 않아, 그냥 다독여만 줘."라고 할 수도 있다. 상대는 기꺼이 그렇게 해줄 수 있다. 하지만 걱정과 궁금증을 유발해놓고 내 기분만 풀고 넘어가는 식의 'SOS'를 언제까지 반복할 수는 없다.

구체적으로 왜 힘든지 설명하려면 그 힘듦을 곱씹어야 한다. 대충 얼버무렸다간 뭐라도 반응을 보여야 한다고 느낀 상대방이 핀트가 어긋난 위로를 건넬지도 모른다. 노력한다 한들 타인의 마음을 다 알 수는 없어서, 고심해서 꺼낸 위로도 때론 상처가 된다. 나도 그렇게 어설픈 위로를 해봤고 뒤늦게 실수였음을 깨닫는 순간 괴로웠다. 소중한 사람들이 선의로 실수를 하고 괴로워하는 건 원치 않는다. 그래서 내가 지금 왜 우는지, 어쩌다 이토록 지치고 힘들어졌는지 설명할 에너지가 없다면 그냥 괜찮은 척하고 살자는 게 나의 생각이다.

그런데 고양이는 내 울음소리를 가만히 듣는다. 아무것도 묻지 않는다. 집에서도 혼자 울 수 없게 된 나는 어쩔 수 없이 나무 앞에서 여러 번 울었다. 앞뒤 안 맞는 넋두리를 횡설수설 토해내기도 한다. 듣는 이의 이해 같은 건 안중에도 없는, 그저 쌓이는 감정을 터뜨리기 위한 말들 말이나.

친구한테 그랬다간 "진정하고 찬찬히 말해봐."라는 소릴 듣겠지만 나무는 그냥 눈만 깜빡인다. 그런 나무의 눈을 들여다보고 있자면 꽤 많은 생각이 읽힌다.

"오늘 낚시 놀이는 글렀군. 무슨 일이야?"
"아니, 말하지 마…. 괜찮아?"
"밥 줘! 아니다, 조금 참아볼게."

고양이를 붙잡고 감정을 토해보고서 알았다. 내 아픔이 누군가에겐 부담이 될까 혼자 삭이는 쪽을 택해왔지만, 그게 최선은 아니었다고. 혼자 쓸쓸하게 감정을 떠안는 것과 다 털어놓고 공감받는 것, 그 중간 어디쯤에 고양이의 위로가 있었다.

나무야, 너는 오늘도 나를 위로해-.

평소 잔소리를 할 때는 '내 기분을 전혀 못 읽나?' 싶게 들은 척도 안 하면서, 울고 있을 땐 신기하게 눈치를 보며 달래듯 꼭 옆에 있는다. 하지만 내 기분을 풀어주고 싶어서 안절부절못하는건 없다. 위로나 섣부른 조언도 하지 않는다. 나무는 그냥 곁에 머문다. 자기가 존재만으로 위로가 된다는 걸 아는 것처럼.

생각이 너무 많아 외로워질 때 반려동물의 의미를 절감한다. 내 옆에 있는 이 작은 동물은 절박하고 막막한 내 기분을 다 아는 것 같지만, 자기가 해결해줄 수 없으니 한 발짝 물러선다. 만사에 초연한 표정을 보고 있으면 이 또한 다 지나갈 거라 말하는 것도 같다. 물론 나의 마음이 보고 싶은 대로 보는 거겠지만.

어떤 쪽이든 난 고양이에게 실망하지 않는다. 이유는 설명하기 싫지만 울고 싶을 때, 고양이만 한 친구는 없다.

아는 고양이

'사랑'에는 여러 갈래가 있다. 연인을 사랑하는 마음, 가족을 사랑하는 마음, 모든 존재를 어여삐 여기는 아가페적 사랑. 그리고 분명히 독립적인 한 갈래로 존재하는 또 하나의 사랑이 있다고 믿는다. 바로 고양이를 향한 사랑이다.

고양이는 신묘한 존재다. 음산하네, 무섭네 하며 싫어하던 사람들을 한 순간에 휘감아버린다. 고양이를 사랑하지 않는 사람이 있다면 그건 마법을 걸어줄 고양이가 아직 다가가지 않았기 때문이다. 고양이들은 한 사람의 마음을 사로잡은 다음, 그 마음이 종족 전체에 대한 애정으로 번지게 만든다. 걷잡을 수 없다.

'고양이'라는 포유류를 싫어해본 적은 없다. 귀엽게 생겼으니까. 하지만 사랑한 건 나무가 처음이었다. 그러고 나서 마법처럼 모든 고양이가 다르게 보이기 시작했다. SNS에 올라오는 고양이들마다 너무 예쁘고 남의 집 고양이도 다 예쁘고 길 가다 만나는 고양이도 한없이 사랑스럽다.

눈에 띌 때 잠깐 귀엽고 돌아서면 잊히는 그런 감정이 아니다. 본 적도 없는 이 도시의 모든 길냥이가 불쑥불쑥 안쓰럽고 걱정되는, 지구상에 사랑받지 못하거나 홀로 아프게 죽어가는 고양이가 있을까 봐 전전긍긍하게 되는 그런 마음이다. 사랑하는 사람이 생겼다고 모든 인간이 사랑스러워 보인 적은 없는데, 고양이는 내게 내게 무슨 짓을 한 걸까.

관심의 크기가 커지면서 '아는 고양이'도 늘어났다. 신경 쓰이는 고양이들이 늘어간다는 건 마음 아플 일도 많아진다는 뜻이다. 내가 아는 고양이들이 벌써 몇 마리나 다치거나 세상을 떠났다.

합정동의 단골 북카페 '비플러스'는 길냥이들의 성지다. 사장님은 어느 날 찾아온 아기 고양이 다섯 마리에게 밥을 주다가 아이들을 가게 안으로 들이게 됐다. 다섯 고양이들에겐 첫째, 둘째, … 다섯째라는 이름이 붙었다. 다소 성의 없는 듯, 하지만 정감 가는. 고양이들은 이내 가게의 마스코트가 되었고, 나처럼 책이 아니라 고양이를 보러 카페를 찾는 손님도 많았다. 'Cat'의 C를 따 '씨플러스'로 이름을 바꿔야 할 판이었다.

고양이들은 낮엔 자유롭게 동네를 탐험하고, 배고플 땐 카페에서 사료를 먹고 카페가 문을 닫기 전에 돌아와 사무실에서 잠을 잤다. 전문 용어로 '외출냥이'였다. 집 안에만 있어야 하는 나무를 향한 미안함이 비플러스의 외출냥이들을 보면 조금은 해소되었다. 아이들은 마냥 자유롭고 행복해 보였다. '셋째'가 사라지기 전까지는.

며칠째 돌아오지 않는 고양이를 걱정하며 많은 추측이 오갔다. 조금 멀리 나갔다가 길을 헤매고 있을 거다, 다른 길고양이와 싸우다 다쳐서 움직이지 못하는 것 같다, 누군가 '구조'를 해서 보호소에 데려다준 건 아닐까. 한데 셋째는 이미 성묘에 가깝게 큰 상태여서 그럴 가능성은 낮았다.

얼마 후, 셋째가 다시는 돌아올 수 없는 강을 건넜을 거라는 가장 가슴 아픈 추측이 기정사실화되었다. 그리고 정말 돌아오지 않았다. 얼마나 많은 길고양이가 이렇듯 누군가의 기억에만 남은 채로 사라져갔을까. 아무리 고양이를 아끼는 사람들이 늘어났다지만 아직 도시는 고양이들에게 너무도 위험한 정글이었다.

몇 개월 뒤엔 첫째가 다쳤다. 피투성이가 되어 제대로 걷지도 못하는 채로 카페에 겨우 돌아와 풀썩 쓰러졌다고 했다. 그래도 살겠다고, 저를 구해줄 사람들이 있는 카페까지 찾아온 게 눈물이 날 만큼 기특했다. 교통사고를 당했을 줄 알았는데 수의사 말에 따르면, 누군가 작정하고 발로 걷어차며 폭행을 한 것 같단다.

전 인류에 환멸이 들었다. 셋째의 실종도 불의의 사고가 아닐 수 있다는 생각이 들어 더 마음이 쓰렸다.

둘째는 그림처럼 예쁘게 생긴 여자아이로, 태어난 지 6~7개월밖에 안 됐을 때 출산을 했다. 중성화를 하지 않은 외출냥이여서 어쩔 수 없는 일이었다. '캣초딩'에 불과한 나이에 출산을 한 둘째는 새끼들의 눈을 핥아줘야 하는 것도 모를 만큼 너무 어렸다. 태어난 새끼들은 대체로 건강 상태가 좋지 않았고, 몇은 눈도 제대로 뜨지 못한 채 무지개다리를 건넜다. 그런 와중에 살아남은 아이가 태평이었다.

> '내가 안아본 중 가장 작은 고양이. 이렇게 작은 몸이 숨을 쉬는구나. 이 작은 몸 안에서 심장이 뛰고 있구나. 나무도 이렇게 작은 아기 고양이였겠지.'

태평이를 볼 때면 이런 생각이 들어 자꾸만 눈물이 핑 돌았다. 나무에겐 너무 작아서 쓰지 않던 방석, 나무는 살이 쪄서 먹지 못하는 고열량 사료 등을 부지런히 카페로 날랐다. 내가 놓쳤던 나무의 어린 시절을 뒤늦게 챙겨주게 된 기분이 들었다. 너 하나만이라도 꼭 살아달라고, 나뿐만 아니라 태평이를 아는 모두가 기도했다.

그렇게 많은 마음이 모였으니까 태평이의 가는 길은 아마도 편안했을 거다. 그래야만 했다. 태평이는 건강한 게 무엇인지도 모른 채, 그 짧은 생 내내 조금씩 아파하다가 떠났다. 사장님의 품속에서 외마디 비명을 지르고 눈을 감았다고 했다. 내가 이름을 불러봤던, 내가 품에 안아봤던 동물과의 첫 이별이었다.

집으로 가는 길목의 작은 공방에도 외출냥이 '요정이'가 있었다. 요정이는 낮에는 자유롭게 외출하고 때론 작업하는 주인을 가만히 바라보며 시간을 보내는 것 같았다. 근처 골목을 떠돌다가도 공방 주인이 "요정아, 이요정!" 하고 부르면 강아지처럼 달려왔다. 나무가 좀 보고 배우면 좋겠다고 생각했다.

지하철역에서 집까지 가는 길은 여러 갈래가 있지만 요정이를 보기 위해 늘 공방 앞을 지났다. 매번 요정이와 마주칠 순 없었지만 사료가 정신없이 흩어져 있는 밥그릇만 봐도 마냥 웃음이 나고 좋았다. 괜히 공방에 들려 핸드메이드 귀걸이를 사면서 요정이가 몇 살인지도 물어봤는데 이내 까먹었다. 난 요정이를 아는 듯 몰랐다. 내가 책임질 걱정을 하지 않아도 되는, 적당히 아는 고양이. 그 정도 거리가 좋았던 것 같다.

어느 날, 닫힌 가게 문 위로 종이 한 장이 붙었다. 요정이가 세상을 떠났다는 메시지였다. 나도 모르게 발걸음이 멈췄다. 요정이가 몇 살인지 기억도 못 했던 나는 그 아이가 아팠다는 걸 모르는 것이 당연했다. 그 길을 지나지 않은 며칠 사이에 무슨 일이 있었는지 물어볼 사람도 없었다. 내 마음에 적당히 들어와 놀던 고양이 한 마리가 언제 있었냐는 듯 사라졌다. 이 정도 거리면 괜찮을 줄 알았는데⋯. 그날은 하루 종일 우울했다.

내가 알았던 고양이, 아는 고양이, 앞으로 알게 될 고양이 그리고 나의 고양이. 그 모든 고양이들의 안녕을 바라기엔 매일, 하루 24시간이 부족하다.

동물한테 지나친 감정 이입이라뇨

명절이면 증가하는 유기견 문제, 길냥이 연쇄 학대 사건, 저체중 길냥이 TNR 의혹…. 고양이 집사가 되고 나는 사회부에서 끈질 기게 동물 관련 이슈를 발제했다. 그리고 족족 회의에서 '까였다'.

"호모 사피엔스한테도 관심을 좀 가져줘…."

내 아이템이 좀처럼 꽂히지 못하는 상황이 안타까웠던 선배 는 동물이 아닌 사람의 이야기를 찾아보라며 이렇게 말했다. 사 람보다 동물의 문제가 더 중하다고 생각했던 건 아니었다. 국내 에서 가장 큰 동물권 행동단체가 마침 내가 담당하는 마포구에 있었고, 개와 고양이도 이 사회의 구성원이니 마땅히 다뤄져야 한다고 여겼을 뿐이다. 동물의 피해가 꼭 인간의 피해로 이어져

야만 문제인 것 같지는 않았다.

간디는 "한 국가의 위대함과 도덕성은 그 사회가 동물들을 대하는 태도로 판단할 수 있다."라고 말했다. 30년 세월을 살아오며 느낀 바, 우리 사회는 나와 다른 종, 다른 지역, 다른 나라의 문제에 매우 둔감하다. 멀리 아프리카에 사는 어린이를 후원하면 '당장 서울만 해도 불우이웃이 많지 않느냐'는 반응이 돌아오고, 동물권 보호를 이야기하면 '요즘은 사람보다 동물 팔자가 더 좋다'는 소리를 듣기도 한다. 마음과 시간과 돈을 써서 누군가를 돕는 일이 꼭 '동질성'과 '근접성' 순으로 이뤄져야 할까.

나와의 거리를 떠나서, 난 약자들의 안녕에 관심이 많다. 잘못한 것 없이 상처받는 약자들을 볼 때면 스스로 감당하기 어려울 정도의 분노와 연민에 휩싸인다. 오지랖은 잘 못 부리는데 감정이입은 세계 제일인 타입이다.

이 사회에서 동물과 어린아이로 대표되는 약한 존재들은 가끔 영문도 모른 채 어려운 상황에 처한다. 화재 사고로 무너져내린 집터에서 홀로 살아남은 강아지는 하염없이 주인을 기다린다. 길고양이들은 인간의 탈을 쓴 악마가 잔디밭에 버려둔 쥐약을 먹고 괴로워하다 죽는다. 자격 없는 부모일지라도 보호자가 필요한 아이들은 자신이 받는 대우가 학대인 줄도 모른 채 영혼을 다치며 자란다. 이런 종류의 이야기를 접한 날은 온몸이 아프고 악몽까지 꾼다.

이 세상 모든 아이가 가슴속 응어리 한 톨 없이 행복하게 자랐으면 좋겠다. 장애가 불편은 해도 서럽지 않은 사회이길, 여성들이 밤낮으로 안전하고 노인들이 존중받고 어떤 종류의 소수자도 차별받지 않는 사회이길 바란다.

동물을 생각하는 마음도 같은 맥락이다. 머리맡에서 재우는 반려동물이든 필요에 의해 키우는 가축이든 야생 동물이든, 이 사회를 구성하는 하나의 축이자 상대적 약자인 동물들이 적어도 인간들만큼은 행복했으면 좋겠다. 이런 생각이 쓸데없는 감정 이입일 리 없다.

공원에 살던 나무에게 마음이 쓰이다 가족으로까지 들였던 이유를 군이 따져보자면 그렇다는 이야기다. 대단할 것도 없다. 사비를 들여 몇 년씩 길고양이를 돌보거나, 배우자나 자녀 없이 동물을 네다섯 마리나 키우는 사람도 많다. 내 눈에 그들은 그 누구보다 마음에 여유가 넘치고 사랑이 충만한 사람들이다.

하지만 함부로 안타깝게 보는 시선도 따른다. '사랑할 사람이 없어서 동물에 마음을 쏟아붓는 거야', '인간에 환멸을 느껴서 동물한테서 위안을 찾나 봐' 등은 비난이라기보다는 몰이해에서 오는 따뜻한 편견이라고 해두자. 내가 곧잘 들었던 '고양이 키우면 애인 안 생긴다'는 말 안에 숨은 뜻도 같다. 동물 사랑을 숨기지 않고, 동물에게 적극적으로 돈을 쓰는 사람은 인간 혐오에 빠져 있거나 인간관계에 결핍이 있을 거라는 좁은 생각.

동물 사랑과 휴머니즘을 저울질하는 것부터가 황당하지만, 동물을 더 사랑하는 게 나쁠 건 또 뭔가. 나이가 들며 많은 사람을 겪을수록, 뉴스를 통해 접하는 사건 사고와 부조리가 쌓여갈수록 내 안의 인류애는 조금씩 달아난다. 나보다 약한 존재를 걱정하는 만큼, 그 약자들을 괴롭히거나 상식이 안 통하는 인간에 대한 분노도 평균치 이상이다.

말 못하는 동물은 증오할 일이 없다. 세상엔 나쁜 개도 나쁜 고양이도 없다. 누군가에겐 같은 언어를 쓰는 인간보다 더 큰 위안을 주는 소중한 존재이기도 하다. 그러니까 우리 그냥 동물 좀 맘 놓고 걱정하고, 돕고, 사랑하자.

고양이 사람들

젊은 여자 혼자 고양이를 키우다 보면, 억울하게 오해받거나 오지랖에 고통받고 더는 가까이하고 싶지 않은 마음의 적敵도 생긴다. 나에게는 너무나 소중한 존재를 아무렇지 않게 이야기하는 사람, 지구상에서 상대적 약자인 동물에 대한 연민이 한 톨도 없는 사람과는 사는 동안 굳이 소통하고 싶지 않다. 한 동물을 진심으로 사랑하게 되면서, 견딜 수 없는 인간 유형이 늘어났다는 생각에 조금 서글퍼지기도 한다.

하지만 덕분에 끈끈한 동지들을 얻기도 했는데, 고양이라는 공통분모 하나로 묶인 소중한 친구들이다. 나이도 직업도 모른 채 이런저런 대화를 나누다 주제가 고양이로 흘렀다. "이름은 나무예요." "두 마리 키우시는구나." "아, 그분도?" "그때 그분도?" 하며 서로가 '고양이 사람'임을 알게 됐다.

집사라면 고양이 이야기로 처음 보는 사람과 하루 종일 수다를 떨 수도 있다. 프라이버시를 파고들지 않으면서도 짧은 시간에 낯선 이의 마음결까지 파악하게 된다. 처음엔 고양이 이야기에 너무 집중했는지 사람 이름을 들어놓고 까먹기도 했다.

"카롱이 키우시는 분 이름이 뭐였죠?"

또 다른 고양이 사람에게 이렇게 묻다가 고양이 이름은 한 번 듣고 기억했다는 걸 깨닫고 민망해졌다. 이런 고양이 위주의 사고를 들켜도 서로 이상하게 보지 않는다는 점에서 엄청난 동지애를 느낀다.

그렇다고 '사람'은 제쳐두고 고양이에만 초점을 맞추진 않는다. 다만 고양이 사람들은 고양이를 닮아, 거리를 지키며 시간을 두고 조심스럽게 서로에게 다가간다. 단체 카톡방에서도 모든 구성원이 존댓말을 쓴다. 서로에 대해 모르는 건 많지만 대화는 끊이지 않는다. 고양이를 키워봐야만 120퍼센트 이해 가능한 유머에 같이 웃고, 고양이가 아플 땐 함께 고민하고, 간식이나 장난감 정보도 공유한다. 누군가 집을 비울 땐 '똥 치우미'로 도움을 주기도 한다.

카톡방 친구들 외에도 세상에 '고양이 사람'은 많다. 고양이를

지치고 힘들지만 그래도 고양이

Inner peace^-^

좋아하거나 고양이를 키우거나 '고양이스러움'의 미덕을 아는 이들이 많아진다는 뜻이다.

아무리 그래도 동물을 키우지 않는 사람이 더 많은 세상, 예기치 않게 고양이 사람을 만나면 그렇게 반가울 수가 없다. 취재하다 만난 사람이 "저도 고양이 집사입니다!" 한마디만 하면 친밀도가 급상승한다. 평소 관심도 없던 연예인이 성실한 집사임을 밝히면 갑자기 사람 됨됨이가 좋아 보인다.

고양이 사람은 동지들의 애환에 늘 눈과 귀를 열고 있다. 갑작스런 n박 출장에 난처해하는 게, 고양이가 아플 때 연차를 내는 게 프로 정신이 없어서가 아님을 고양이를 키우는 선배는 안다. 뚜벅이 집사가 고양이를 데리고 병원에 가려면 택시를 타야 하는데, 고양이를 키워본 기사님을 만나는 건 드문 행운이다. '분명 동물을, 그것도 강아지가 아닌 고양이를 데리고 차에 타면 엄청 눈치 주겠지' 하고 지레 겁먹었다가 "아이고, 애기가 많이 우네요. 우리 집 고양이도 그래요." 같은 반응을 접하면 어찌나 감개무량한지.

고양이 사람은 타인의 영역을 존중한다. 아무리 반가워도 쉽게 선을 넘지 않는다. 나무를 키운 3년이 조금 넘은 시간 동안, 고양이 사람 택시 기사님을 딱 세 분 만났다. 내 통화를 엿듣다

가정사에 훈수를 두거나 진짜 삼촌도 안 하는 결혼 잔소리를 쏟아내는 오지랖에 지쳐 있다가, 고양이 사람 특유의 조심스러움을 접하면 황홀하기까지 했다.

그들은 껄끄러운 질문은 넣어두고, '나는 고양이가 거슬리지 않아요'의 메시지를 내게 전달하려 애썼다. 좁은 가방에 갇혀 불안한 울음소리를 내는 나무에게 "그래그래, 이제 다 왔다!" 하고 직접 말을 붙이기도 했다. 내 마음을 편하게 해주려는 노력 말이다. 동물 좋아하는 사람치고 나쁜 사람 없다는 성급한 일반화에 고개를 열두 번은 끄덕이고 싶어진다.

때론 일상에 걸림돌이 되고, 때론 아무 잘못도 안 했는데 남에게 죄송할 상황을 만드는 나의 고양이. 하지만 덕분에 같은 고민을 짊어진 고양이 사람들과 교감하는 즐거움을 얻었다. 오래 알고 지낸 이들에게서 미처 몰랐던 세심함을 발견하기도 하고, 고양이를 키우지 않았다면 접하지 못할 종류의 친절도 받아봤다. 그날 나를 태워준 기사님이 그토록 세심하고 젠틀하다는 걸, 나무와 같이 타지 않았다면 몰랐겠지.

조용히 다짐해본다. 나도 다른 고양이 사람을 만나면, 그렇게 배려하고 격려해주겠노라고.

고양이에게 배워야 하는 것들

내 눈엔 마냥 아기 같지만 나무는 고양이 나이로 다섯 살, 사람 나이로 환산하면 서른셋쯤 되는 청년으로 나와 얼추 동갑내기다. 중성화를 하지 않고 길냥이로 살았다면 손가락으로 다 셀 수 없을 만큼 많은 자식을 둔 아비였을지도 모른다. 그런데 내가 걷는 시간 위를 뛰어가는 나무와 일생에 딱 한 번, 나이대가 겹치는 시기가 지금인 것이다.

늘 보호자의 입장에서 바라보던 나무를 동갑내기 친구라 생각하면 많은 것이 다르게 느껴진다. 오며 가며 도움의 손길을 받긴 했어도, 한때 나무는 제 한 몸 제가 챙기고 살던 독립적인 고양이었다. 삶의 거의 모든 부분을 내게 의지하는 지금도 고양이만의, 나무만의 라이프 스타일은 버리지 않았다.

내가 '말을 안 듣는다'고 여기는 점들은 길들여지지 않겠다는 나무의 의지일지도 모른다. "아무리 먹여주고 재워주는 반려인이라 해도 나를 네 멋대로 바꿀 순 없어. 널 사랑하지만 모든 걸 너의 뜻에 따를 순 없어." 같은.

말 안 듣는 고양이가 아닌, 그저 가치관과 생활 방식이 나와 다를 뿐인 털북숭이 친구. 사실 이 친구는 그동안 내게 적지 않은 깨달음을 줬다. 어떤 면들은 간절히 닮고 싶기도 했다. 그래서 서른둘의 덜 자란 인간이 다섯 살의 어른 고양이에게 배워나가야 할 것들을 정리해봤다.

1. 남의 시선 신경 쓰지 않기

학급, 학과, 동아리, 회사…. 새로운 소속 집단이 생기는 건 늘 작은 도전이었다. 평판이 나쁘지 않은 사람이 되고 싶었다. 집단의 분위기를 흐리지 않으면서 알게 모르게 예쁨 받는 친구 또는 동료이길 바랐다. 그래서 거북한 농담에도 웃었고, 있고 싶지 않은 자리에 남았고, 무리해서 술을 마시고 노래방에서 노래도 불렀다. 그렇게 살지 않는 친구들은 바보라고 생각했다. 나의 감정, 나의 생각, 나의 시간보다 남의 시선이 더 중요했다.

나무는 언제나 자신이 우선이다. '나의 영역'과 '나의 시간'을 야무지게 지킨다. 내 눈치를 보면서 자신의 행동을 수정하지 않는다. "내가 끔찍하게 예쁨을 받아봤자 고양이고, 말썽 부려서

고양이는 고양이답게!

미움을 받아봤자 고양이지!" 나무는 그 간단한 진리를 알고 있다. 나도 언젠가 초연해질 수 있을까. 내가 안간힘을 써서 칭찬을 받든, 하기 싫은 걸 하지 않아서 눈초리를 받든, 나는 나라고.

2. 사람 천천히 사귀기

앞의 고민과 비슷한 듯 다른 이야기다. 난 아마도 낯을 가리는 사람 중 제일 사교적이고, 낯을 안 가리는 사람 중 가장 소심한 인간일 거다. 사람을 가린다고 가리는데 그 허들이 너무 낮아서 '어, 괜찮은 사람인가?' 싶으면 너무 빨리 마음을 연다. 스스로 꽤 예리하다고 믿었는데 살다 보니 너무 의심이 없는 편이었다. 가까이하기 싫은 사람이라는 걸 나중에 깨닫고 후회하고 끊어내려다 태도가 달라졌다며 욕을 먹기도 했다.

나무는 인연을 맺는 데 신중하다. 모두가 녀석에게 잘 해주지만, 다 퍼준다 해도 마음의 문을 쉽게 열지 않는다. 시간이 필요하다. 오랫동안 상대방을 관찰하고 탐색하고 아무런 교감 없이 그저 같은 공간 안에 있어도 본다. 조금 곁을 내줬다 싶어도 함부로 몸 위에 손을 올려선 안 된다. 바로 문다. 고양이의 속도는 그렇다.

중요한 건 일관성이다. 내 기분에 따라, 상황에 따라 과속하지 않고 모두와 천천히 가까워지는 것. 너무 빠르게 살가워지지도,

그렇다고 너무 거리를 두지도 말고 그저 속도를 조금 늦춰야겠다. 모든 인연을 아주 조심스럽게 맺는 고양이처럼.

3. 원하고 만족하기

직장 생활 3~5년 차는 사춘기보다 지독한 질풍노도의 시기다. 1년 차엔 막내로 지내는 시간이 빨리 지나가기만 바랐고, 2년 차엔 일이 조금 더 손에 익기를 바랐다. 그러면 모든 것이 나아질 거라고 믿었나. 3년 자부터 의문이 늘기 시작했다. '발제—취재—기사 작성'의 톱니바퀴가 척척 돌아가면 나의 하루하루는 행복해질까? 근데 그 세 가지가 쉬워지는 날이 오기는 할까?

이 의문이 풀리지 않으면서 늘 마음 한구석이 불편하다. 그리고 끊임없이 나 자신을 들여다본다. 내가 뭘 원하는지, 뭘 하고 싶은지 혹은 지금 행복한지, 행복하지 않다면 어떻게 해야 하는지…, 고민하지만 잘 모르겠다. 원하는 걸 모르니 완전한 만족도 없다. 그냥 당장에 하지 않으면 안 될 일들을 처리하며 하루하루 앞으로 간다.

나무는 매 순간 자기가 뭘 원하는지 아는 것 같다. '밥 줘.', '놀아줘.', '지금은 자고 싶어.', '이 박스를 뜯고 싶어.', '화장실 치워줘.', '창문 열어줘.', '하지만 밖에 나가고 싶다는 건 아냐.' 등 자기가 원하는 바를 정확히 알고 실행하거나 요구한다. 그리고 쉽게 만족한다. 요구가 충족되면 너무 쿨해서 추울 정도로 한순간에 돌아선다. 욕망에 솔직하고 단순하다. 멋진 녀석.

4. 끼니 잘 챙겨 먹기

아주 강골은 아니지만 20대엔 썩 건강했다. 밥을 '밥 먹듯이' 굶고 밤새 술 마시고 잠을 안 자도 금세 회복됐다. 그런데 이젠 아니다. 먹는 것도 조심하고, 틈틈이 운동해가면서 건강을 챙겨야 하는데 습관이 안 들어서 어렵다. 여전히 아침밥은 거르고, 저녁 8시 뉴스 시간까지 일하다 보면 식사 시간이 들쭉날쭉하다. 위기감을 느껴 이런저런 영양제를 사서 모아놓고 그것도 먹을 때를 놓친다.

나무의 절반이라도 밥 앞에 절실했다면 난 지금보다 훨씬 더 건강했겠지. 나무는 정말 부지런히 먹는다. 자동배식기가 매일 같은 시간에 밥을 준다는 걸 알고 30분 전부터 그 앞에서 죽치고 기다린다. 일용할 양식을 섬기는 자세가 아주 훌륭하다. 하루 다섯 번 규칙적으로 좋은 사료를 먹다 보니 신진대사도 아주 원활하다. 내 새끼 잘 먹고 잘 싸는 것만 봐도 좋긴 하지만 이왕이면 둘이 같이 건강해야겠지.

매일 아침 나무 밥만 챙길 게 아니라 사과 한 조각씩이라도 먹어봐야겠다.

제4장

너의 기분이 나의 기분이 될 때,
너에게 닿기를

고양이와 나의 계절

사람들은 나무가 겨울에 태어났다고 했다. 어쩌면 봄일지도 모른다. 나무의 시작을 본 사람이 아무도 없으니 나무만이 아는 일이다. 어쨌든 늦겨울 혹은 이른 봄에 나의 고양이는 세상에 왔다. 봄날의 새싹처럼 어디선가 무럭무럭 자라선 여름날의 공원에 나타났다. 그리고 모두의 나무가 되었다.

나무는 공원의 계절을 완성하는 존재였다. 나무의 노란색 털은 여름의 초록을 한층 더 돋보이게 했다. 가을의 단풍 낙엽들은 나무가 깔고 앉아 잠들었을 때 유독 포근해 보였다. 하얀 털을 목도리처럼 목에 두른 나무는 눈 쌓인 공원길과도 썩 잘 어울렸을 거다. 하지만 그해 첫눈을 밟아보기도 전에 나무는 공원을 떠나야 했다.

매일 조금씩 공원의 색깔과 온도를 바꾸던 계절들은 이제 네

모난 창밖에만 있다. 그마저도 나무의 기억 같진 않다. 흙바닥도 잔디도 나무도 사라졌고 하늘은 작아졌다. 집 안은 한결같다. 추위에 떨 일도 비 맞을 일도 없다. 계절을 잃어버린 대가였다.

하나 집냥이 생활 어언 5년 차. 집에서 계절을 몇 번이고 보내본 나무라면, 이제 실내에서 계절 읽는 방법을 깨우쳤을지도 모른다. 몇 개월에 한 번씩 거실 러그의 종류가 바뀌고 집사가 입는 옷이 달라진다. 발을 딛는 바닥이 시원했다가 따뜻했다가, 덮고 자는 이불이 가벼워졌다가 무거워졌다가 한다. 바깥세상만큼은 아니어도 계절에 따른 변화는 집 안에도 분명히 있다.

나무가 중성화수술을 마치고 일산 집에 온 날짜가 10월 23일. 가을의 한복판이었다. 그해 가을은 그야말로 '천고냥비'의 계절이었다. 하늘은 높았고 고양이는 살이 쪘다. 수술 후 식욕이 폭발한 나무에게 초보 집사는 간식을 원 없이 주었다. 잘 먹는 모습이 예뻐서, 많이 먹고 쑥쑥 크라고 자꾸 줬다. 나무는 이럴 때만 말을 잘 듣더니 너무 커버렸다. 인간에게 가을이 수확의 계절이자 식량이 가장 풍부한 때임을 나무는 직감적으로 느끼지 않았을까.

하늘은 파랗고 바깥의 바람은 시원했다. 부족함 없이 배를 채운 나무는 바람 솔솔 부는 창가에 앉아서 쉬다가, 털이 차가워지면 다시 따뜻한 이불 속으로 들어가거나 내 무릎에 와 앉았다. 나무에게 가을은 가장 만족스럽고 아름다운 시절이었을지도 모른다.

날은 이내 추워졌다. 겨울은 내가 나무를 집으로 데려온 이유가 된 계절이다. 겨우내 따뜻한 곳을 좋아하는 나무를 보며 '안 데려왔으면 어떡할 뻔 했나' 하는 생각을 수도 없이 했다. 나무는 폭신한 거위 털 이불 사이에 꼭꼭 숨어서 자는 걸 좋아했다. 땀이 나고 숨이 막히지 않을까 싶은데두, 숨 쉬는 코만 빼꼼 내놓고, 혹은 머리까지 다 집어넣고 쌔근쌔근 잘도 잔다.

온수매트 애용자이기도 한데, 책상에서 작업하다 '띠리링' 소리가 나서 침대 쪽을 돌아보면 온수매트 전원 버튼 위에 '냥퐁당당'하게 서 있곤 했다. '누나 지금 안 잘 거면 매트 켜고 나 먼저 잔다' 하는 것처럼.

첫눈이 오던 날을 기억한다. 창가에 앉아 눈 내리는 하늘을 신기한 듯 올려다보는 나무의 뒤통수를 보면서, 이게 나무 생의 첫눈일까 아닐까에 대해 생각했다. 나무가 겨울에 태어났다면 아주 어릴 때 공원에서 눈을 봤을 수도 있다. 하지만 몸 약한 새끼 냥이가 밖에서 겨울을 온전히 견뎌냈을 가능성은 작다. 캣맘들의 추측대로, 눈도 제대로 못 뜬 나무를 누군가 잠깐 데려가 키

거위 털 이불이 너무 좋아. ♥

우다 추운 날이 지나고 다시 공원에 버렸을지 모른다. 그렇다면 나와 함께 보았던 눈이 나무가 직접 본 첫눈이 된다. 나무는 추운 줄도 모르고 고개를 이리저리 갸웃거리며 한참 동안 눈꽃을 지켜봤다.

봄이 오며 나무의 털갈이가 시작됐다. 365일 털을 날리는 고양이에게 털갈이 계절이 따로 있겠느냐마는, 나무는 유독 봄에 많은 털을 뿜어냈다. 다른 계절에 털 비가 이슬비처럼 내린다면, 봄엔 여기저기 우박이 떨어진 듯 뭉텅뭉텅 빠져 있다. 이 때문일까. 봄은 집사의 고양이 알레르기가 유독 심해지는 계절이었다. 초미세먼지와 황사의 콜라보까지 더해져, 나는 봄 내내 눈물 콧물을 달고 살았다. 나무는 '누나가 왜 나만 보면 울지?' 궁금했을지도 모른다. 별거 아냐, 봄이 감성적인 계절이라서 그래….

봄은 나무에게도 잔인한 계절이다. 추운 겨울에 감기라도 걸릴까 봐 미뤄왔던 '냥빨(고양이 빨래의 줄임말로 목욕시키는 걸 말한다)'을 하는 시기이기 때문이다. 털 사이사이에 남아 있는 죽은 털을 물로 씻어내면 털 날림을 조금이라도 줄일 수 있다. 꼬질꼬질해진 나무를 위해서도, 알레르기로 고통받는 집사를 위해서도 반드시 거행해야 하는 의식이다.

다만, 의식을 치르고 나면 팔다리에 찍히고 물린 상처가 남을 수 있다. 여름옷을 입기 전에 상처가 아물게 하려면 냥빨은 이른 봄에 해치우는 게 좋다.

여름이 오자마자 베란다에 보관하던 돌덩이를 꺼냈다. 가로 60센티미터, 세로 40센티미터 크기의 거대한 대리석 타일이다. 우리 집에 찾아온 친구들은 거실에 뜬금없이 놓인 회색빛 대리석을 보고 '저런 게 집에 왜 있느냐'며 놀란다. 그러다 방에서 총총 걸어 나와 대리석에 털썩 주저앉는 나무를 보고는 '아—' 한다. 나무의 여름 전용 돌침대인 것이다.

혀를 내밀고 헥헥거리며 체온을 조절하는 강아지와 달리, 고양이는 조용히 더위를 탄다. 고양이 특유의 포커페이스만 봐서는 더운지 추운지 알 길이 없어서, 더위 속에 마냥 방치했다간 고양이도 열사병에 걸릴 수 있다. 더운 날에도 온도가 시원하게 유지되는 대리석은 그 위에 누워만 있어도 열을 식혀준다. 티 안 나게 더위와 싸우는 나의 털북숭이 동물을 위한 작은 사치다.

첫 여름엔 좀 어색해하더니, 그다음부터는 거실에 꺼내놓자마자 먼지도 닦기 전에 올라가 앉았다. 하지만 대리석은 잠시 체온을 낮추는 용도일 뿐, 잠은 꼬박꼬박 침대나 안락의자에서 잔다.

산책을 나가지 않는 고양이도 장마와 태풍은 반기지 않는다. 집 앞을 오가는 사람들 발길도 뜸해지고, 길냥이들도 비를 피해

숨어서 영 창밖을 보는 재미가 없어서다. 비 오는 날엔 외출하기 싫어하는 누나가 집에 꼭 붙어 있는 건 좋아할지도 모르겠다.

그 지루한 계절을 버티면, 나무가 좋아하는 털 러그가 깔리고 선선한 바람이 부는 가을이 온다. 같은 듯 조금씩 다르게 돌고 도는 계절을 우리는 몇 번이고 같이 맞이한다.

이불 밖은 위험한 겨울을 밀어내고 찾아오는 이번 봄도. 그리고 그다음 계절도, 그다다다음 계절도.

고양이의 시간

인간과 고양이의 시계는 다르게 움직인다. 고양이의 시간이 더 빠르다. 수명이 훨씬 짧으니 당연하다. 생후 6개월이면 사람 나이로 벌써 아홉 살, 1년이면 열다섯 살로, 2년이면 스물넷에 해당할 만큼 폭풍 성장한다. 그 이후로는 1년에 네 살씩 더 먹는다고 본다. 나에겐 얼마 안 되는 시간도 나무의 삶에서는 결코 짧다고 할 수 없다.

평소엔 이 나이 계산법을 상기하지 않으려고 애쓴다. 나무가 혼자 있는 시간의 길이를 체감하는 순간 마음이 아파서 견딜 수 없기 때문이다. 내가 평소 집을 비우는 시간을 최소 10시간으로만 잡아도 고양이 입장에선 거의 이틀을 혼자 보낸 것이나 마찬가지다. 이처럼 나무와 나의 시차를 의식하다 보면 생각은 결국 하나의 결론에 닿는다.

집고양이의 수명은 대략 15년 전후로, 나무는 내가 사랑하는 존재들 가운데 가장 먼저 내 곁을 떠나게 될 것이다. 나무를 집에 들이며 했던 여러 고민은 당장 먹여 살리는 문제 위주였다. 언젠가 찾아올 이별은 고려 대상이 아니었다. 마지막 순간을 맞이할 각오를 미처 다지기도 전에, 두려움이 먼저 찾아왔다.

두려움은 지나칠 만큼 행복한 순간에 불쑥불쑥 고개를 들었다. 매일 아침 내 침대 한구석에 대자로 누워, 세상만사 아무 걱정 없다는 듯 잠든 나무를 볼 때. TV를 보는 내 옆으로 터덜터덜 걸어와서는 굳이 체온이 닿도록 내 몸에 기대어 털썩 앉을 때. 집에 돌아온 나를 마중 나와 눈을 마주치며 야옹거릴 때.

그 순간들이 영원할 수는 없다는 생각에 갑자기 눈물이 핑 돌곤 했다. 집사가 왜 이러는지 영문을 모르는 나무를 붙잡고 엉엉 운 적도 있다.

'아침에 눈을 떴는데 내 옆에 나무가 없는 날이 온다면….
내가 그걸 견딜 수 있을까.'

반려동물을 잃은 슬픔이 우울증, 불면증, 스트레스 장애 등으로 이어지는 '펫로스 증후군Pet loss Syndrome'에 대해 취재한 적이 있다. 나무와 공원에서 인연을 맺기도 전의 일이다. 기사는 호스피스

센터, 화장터, 납골당 등 반려동물 완화 의료와 장례 문화도 함께 다뤘다. 당시 나는 반려동물 장례식장에서 눈물을 뚝뚝 흘리는 사람들에게 강아지 이름이 뭐였는지, 지금 심정이 어떤지 등을 물었다. 남들보다 반려동물 이슈에 관심이 많다고 자부했는데도, 동물 가족과의 이별을 사람 가족의 죽음만큼 무겁게 보지 못했다.

머리로는 아는 것 같아도 겪어보기 전까진 마음으로 알 수 없는 것들이 있다. 수많은 강아지와 고양이의 랜선 이모(타인의 반려동물이 자라는 모습을 인터넷을 통해 지켜보는 이들을 일컫는 말)에서 진짜 집사가 되고서 2년 전 취재했던 기억들이 새롭게 정리됐다. 세상 무너진 표정으로 유골함을 끌어안고 있던 아주머니의 모습이 머릿속을 떠나지 않았다. 나도 언젠가 그렇게 되겠지. 과거의 기억 속에서 나의 미래 모습을 발견한 것만 같았다.

혹시 이 모든 게 초보 집사라면 한 번쯤 거쳐가는 관문인가. 내가 지금 고양이가 주는 행복을 처음 겪어봐서 정신을 못 차리는 건가. 다른 이들은 불안감을 어떻게 극복하고 있는지 궁금하던 차에, 낯선 집사 수십 명을 만날 기회가 생겼다.

2017년 9월, 영화 〈고양이 케디〉의 관객과의 대화에 참석했다. 그 자리에는 김세윤 칼럼니스트와 김이나 작사가가 함께했는데, 김세윤 씨는 강아지를 키우고 있었고 김이나 씨는 달봉이와 봉삼이라는 두 고양이의 집사였다. 함께 영화를 보고 난 뒤, 영화 혹은 각자의 반려동물에 대한 이야기를 관객들과 나누는 시간이었다.

나는 관객석의 마지막 질문자였다. 길고양이를 데려온 지 1년이 채 안 된 집사임을 밝히고, 나의 고양이가 언젠가 내 곁에서 사라질 수밖에 없는 현실을 어떻게 감당하고 있는지 물었다. 집사 선배인 김이나 씨가 미소를 지으며 마이크를 잡았다. 그는 조금의 망설임도 없이 명쾌한 답을 내놓았다.

"내가 먼저 가는 것보다는 나아요."

왜 그 생각을 못 했을까. 아직 내 손길이 필요한 나무를 세상에 두고 먼저 떠나는 것보다 끔찍한 일은 없다. 나무가 내게 특별하듯, 나도 나무에게 세상에 하나뿐인 존재이기 때문이다.

고양이를 키우는 사람들이 자신을 '집사' 또는 '참치 캔 따개(고양이가 인간을 살려두는 이유는 참치 캔을 혼자 따지 못해서라는 우스갯소리가 있다)'라고 부를 수 있는 건, 사실은 사랑받고 있다는 확신이 있어서다. 이 고양이가 내게만 허락하는 순간이 늘어갈 때마다 느낀다.

'아, 너에게도 내가 소중하구나. 내가 없으면 안 되겠구나.'

나는 더 이상 두렵지 않다. 나무의 마지막 순간을 지켜보는 일은 차라리 축복이다. 내게로 온 이 작은 생명체를 내가 끝까지 책임졌다는 뜻이니까. 나는 나무가 '평생' 깨끗한 물을 마시게 해주겠다는 생각으로 낭죽을 결심했다. 의식하진 않았지만, 그 결심엔 이미 마지막에 대한 각오가 포함되어 있었다. 이젠 주어진 시간에 최선을 다할 뿐이다.

나보다 4배 더 빠르게 흐르는 나무의 시간에 4배의 행복만을 꾹꾹 담아줄 수 있도록.

너는 왜 나를 사랑하니

나무는 집냥이가 되고서 하루 이상 혼자 있어본 일이 없다. 내가 그렇게 두지 않았다. 여행이나 출장을 가더라도 하루 중 적어도 몇 시간은 사람의 손길이 닿도록 했다. 누가 그렇게 시킨 건 아니다. '고양이를 얼마나 오래 혼자 두어도 되는가'에 대한 정답은 없다. 내 기준이 너무 느슨하다고 여기는 사람도, 반대로 이런저런 사정 때문에 반려묘를 하루이틀 혼자 둘 수밖에 없는 사람도 많을 거다. 모두 존중한다.

어쨌든 현실적인 어려움과 보호자의 책임감 사이에서 내가 찾은 타협점은 '24시간 중 2시간 이상, 면식이 있는 존재의 돌봄이 있을 것'이다.

1인 가구가 자기 일을 다 소화하면서 고양이를 혼자 두지 않는 건 꽤 노력이 필요한 일이다. 며칠간 집을 떠날 일이 생겼을 때, 최우선으로 하는 일은 '캣시터' 스케줄 짜기다. 어머니, 친동생뿐 아니라 친구, 직장 동료 등 비벼볼 만한 모든 인맥에 연락을 돌린다.

> "다다음주 수목금 바빠? 내가 갑자기 출장을 가게 됐는데…, 그중에 하루만 우리 집에 와서 나무 좀 봐줄 수 없을까? 정말 고마워! 방어회 좋아하니?"

이런 생각은 별로 해본 적 없었는데, 피붙이 같은 내 고양이를 부탁할 일이 생기고 나서야 뼈저리게 느낀다. 사람이 착하게 살아야 한다. 고양이 똥 치우기 같은 낯설고 귀찮은 일을 언제든 부탁할 수 있으려면 말이다.

나무를 본가나 반려동물 호텔에 보내는 게 낫지 않냐고 묻는 사람도 많다. 그럴 수만 있다면 나도 좋겠지만 어려운 일이다. 영역 동물인 고양이는 자신의 영역이 아닌 공간에서 극도의 스트레스를 받기 때문이다.

나와 함께 살며 나무의 세상은 좁아졌다. 우리 집 거실과 방 몇 개, 딱 거기까지다. 현관문을 활짝 열어도 나갈 생각을 않고 이젠 익숙할 때도 된 동물병원에서도 잔뜩 웅크리고 가쁜 호흡을 내쉰다. 낯선 공간에서 스트레스를 받게 하느니 평소보다 조금 더 오래, 혼자 있더라도 나무의 영역을 지켜주는 편이 낫다고 결론 내렸다.

덧셈 뺄셈만 해보자면 나무는 내가 없는 동안 평소보다 나은 생활을 한다. 가장 편안한 공간에 그대로 머무는데, 저를 아끼는 사람들이 줄줄이 나타나서 잘 보이려고 애를 쓰고, 평소보다 간식도 많이 주고, 어쩔 땐 누나가 출퇴근할 때보다 사람과 함께 있는 시간이 더 길다. 없어진 건 집사 하나뿐이다. 하지만 나무의 저울에서 나의 무게는 다른 모든 장점을 합친 것보다 무거운가 보다.

나무는 내가 집을 떠나 있을 때마다 스트레스를 있는 대로 표출하는데, 나에게는 절대 보이지 않는 행동을 한다. 어느 해 파리 출장 중엔 동생이 보낸 나무의 토사물 사진을 보고 반쯤 패닉이 왔다. 고양이의 구토는 자주 있는 일이다. 그런데 그 사이에 붉은색의 이물질이 보여 피가 묻어나온 줄 알고 너무 놀랐던 거다.

알고 보니 육포를 포장했던 붉은색 비닐 쪼가리였다. 다행이긴 했지만 휴지통을 뒤져 먹어선 안 되는 걸 주워 먹었다는 사실은 여전히 충격적이었다. 그 외에도 휴지를 삼켰다가 펄프를 그대로 토해내기도 하고 귓가를 뒷발로 세게 긁어서 스스로 생채기를 내기도 했다.

제1보호자의 의미에 대해 생각한다. 대학 시절 입양원에서 신생아 돌봄 봉사활동을 한 적이 있는데, 그때 나는 대체 가능한 존재였다. 내가 맡은 시간 동안에는 그 아기들의 보호자였지만 다음 타임 봉사자가 오면 그 역할은 그들에게 고스란히 넘어갔다. 아기들에겐 '누가' 우유를 먹여주고 '누가' 기저귀를 갈아주느냐가 중요하지 않았다. 그래서 행여나 아기가 특정 인물에 의존하는 일이 생기지 않게끔 봉사자들은 교육을 받는다.

"안아주지 마세요. 한 아이만 오래 돌봐주지 마세요."

책임질 수 없다면 함부로 '제1보호자'가 되지 말 것. 바로 봉사의 기본이었다.

나무의 작은 세상에서 나의 존재는 너무 커져버렸다. 내가 무엇을 했던가. 밥을 챙겨주고, 놀아주고, 화장실을 치워주고, 옆에서 같이 자고. 누구든 나 대신 해줄 수 있는 일들이지만 이제 나무에겐 같은 의미일 수 없다. 내 멋대로 나무를 데려와 함께 쌓아 올린 시간이 나를 대체 불가능한 존재로 만들었다. 나무를 외롭게 할 수 있는 사람은 나뿐이다. 황홀하지만 무거운 책임이다.

회사에서 돌아온 누나가 코트를 벗을 시간도 없이 엉덩이를 두들겨달라고 보채는 나무와 눈을 맞추고 묻는다.

"누나가 왜 그렇게 좋아? 응?"

나무는 대답 대신 골골송을 부르다가 내 손바닥을 슥삭슥삭 핥는다. 이토록 나만 바라보고 나에게 전적으로 의지하는 작은 생명. 나를 괴롭게 하더라도 그 행동에 악의가 있을 리 없고, 이해가 안 가도 이해할 수밖에 없는, 고양이는 사람에게 평생 그런 존재다.

고양이의 마음이 사랑이든 의존이든 내가 지고 있는 책임에 대한 보상치고는 너무 달다. 상상을 초월하는 귀찮음에 투덜대면서도, 이토록 많은 사람이 반려동물을 놓지 못하는 이유다.

사랑은 미움받을 용기

수차례 언급했듯 나무는 계속 체중관리 중이다. 다이어트 사료를 하루 65그램만 먹고 다른 간식은 자제해야 한다. 참치 캔 따는 소리를 듣지 못한 지도 오래됐다. 부엌에서 냉장고 문이나 밀폐 용기 뚜껑 여는 소리만 나도 혹시 저에게 먹을 걸 줄까 싶어 후다닥 뛰쳐나오지만, 내가 할 수 있는 말은 "미안해."뿐이다.

동물이라고 해서 감정도 눈치도 없지는 않다. 사람과 동물 간의 교감은 분명히 존재한다. 하물며 매일 보는 주인과 반려동물 사이라면, 키워보지 않은 사람은 상상도 할 수 없는 끈끈한 뭔가가 생긴다. 그렇지만 반려동물이 인간의 선한 의도를 모두 이해해준다는 의미는 아니다. 내가 나무에게 하는 행동은 다 나무를 위해서인데, 나무가 이 사실을 알 리 없다.

미국의 코미디언이자 방송작가인 루이스 C.K.가 초콜릿 먹은 반려견을 살려낸 일화는 유명하다. 그는 한 토크쇼에서 초콜릿 바를 삼킨 반려견의 입안에 과산화수소를 들이부었던 이야기를 했다. 개나 고양이에게 초콜릿은 심장 독성 등을 발생시켜 생명을 위협하는 치명적인 음식인데, 영문을 몰랐을 그의 개는 갈색 거품을 한 바가지 토하고 생명을 건졌다.

루이스는 그 순간 개의 눈빛에서 '우리 관계는 끝이야.'라는 신호를 읽었다고 했다. 몇 년 전 박장대소를 하며 봤던 그 영상이 이젠 남 이야기 같지 않아서 마냥 웃을 수가 없다.

나도 웬만하면 나무가 원하는 대로 해주고 싶다. 사료는 먹다 지쳐 남길 때까지 그릇에 채워주고, 입이 심심하다고 울 때마다 참치 캔이나 츄르도 주고 싶다. 내가 먹는 음식을 탐내면 까짓거 조금 나눠주고도 싶다. 목욕도 귀 청소도 시도만 하면 도망가니까 그냥 안 하고 넘기고 싶다. 병원 가기도 싫어하는데 안 데려가면 나도 편하다. 그럼 나무는 귀찮고 싫은 일을 하지 않아도 돼서 행복할지도 모른다. 하지만 그럴 순 없다. 나무는 몰라도 나는 그 행동들이 가져올 나쁜 결과를 잘 알기 때문이다.

달라는 대로 다 먹게 해주는 건 절대 사랑이 아니다. 고양이 비만은 만병의 근원이다. 뚱냥이가 귀엽다고 마냥 살이 찌게 두었다가는 관절에 무리가 와 보행장애가 생길 수 있다. 당뇨병,

심장질환, 호흡기질환 등을 유발하기도 한다. 또한 사람이 먹는 음식은 나트륨이 많아 대체로 유해하다. 특히 마늘, 양파, 부추, 포도, 사과, 초콜릿 등은 절대로 먹어선 안 된다. 체중관리를 위해 식사량을 조절하는 것도, 위험한 음식에 고양이의 발이 닿지 않도록 주의하는 것도 집사의 역할이다.

발톱을 세워 나를 할퀴고 온몸을 비틀어 도망가는 나무를 붙잡아서라도 귀 청소는 해야 한다. 나무는 길냥이 시절 귓속에 진드기가 많았고 이 때문에 외이염이 심했다. 지금도 일주일에 한두 번은 소독약으로 귀지를 닦아줘야 한다. 귀 청소를 안 하면 가려움증이 심해져 발톱으로 긁다가 생채기가 나기 때문이다.

"다 너 좋으라고 하는 거야!"

매번 설명하지만, 나무는 들은 체도 않는다. 한 달에 한 번은 귀 상태를 확인하고 심장사상충 예방접종을 위해 병원을 찾는다. 심장사상충은 모기를 매개로 감염되는데, 고양이 감염은 극히 드물다. 수요가 적은 만큼 치료 약물이 개발되지 않아 걸리면 꼼짝없이 수술을 해야 한다. 우리 집은 여름에 모기가 많고, 또 번듯한 모기 사냥꾼이 있다고 해서 모기에 물리지 말라는 법은 없으니 예방접종이 필수다. 나무가 병원 갈 타이밍을 눈치채고 냉장고 뒤에 숨더라도 어떻게든 어르고 달래서 이동가방에 넣어야 한다. 그렇게 병원에 다녀오면, 나무는 한동안 방구석에 처박혀 나오지 않는다.

좋은 집사가 되는 길은 이처럼 외롭고 고단하다. 매번 미움받을 각오를 하고 덤벼들어야 한다. 한바탕 전쟁을 치르고 난 뒤엔 나무가 이대로 화를 풀지 않으면 어떡하나 불안해질 때도 있다. 과산화수소를 먹인 루이스 C.K.를 이제는 좋아하지 않는다던 그의 반려견처럼.

나무가 싫어하는 일의 끝판왕은 알다시피 목욕이다. 목욕물을 닦아줄 틈도 주지 않고 욕실을 빠져나가 하악질을 해대는 나무를 보면 적어도 며칠은 나를 미워할 것만 같다. 그러나 너그러운 나의 주인님은 잠시 혼자만의 시간을 가진 뒤 이내 다가와 몸을 기대고 체온을 나눈다. 나를 용서하는 듯한 나무의 다정한 행동에서 어렴풋이 읽는다.

"너의 행동은 도무지 이해가 안 가지만, 그래도 난 네가 좋아."

그런 속삭임을. 뭐, 아니면 말고….

나도 누나가 너무 좋아. 🐱

상처가 되는 말들

"언니, 이 기사에 이상한 댓글이 왜 이렇게 많아요? 완전 '마상'이에요!"

신문 기자로 일하던 해, 포털 사이트에서 내 기사를 검색해보던 친한 동생이 링크와 함께 메시지를 보냈다. '마상'이 뭐냐고 물었더니 '마음의 상처'란다. 악플 세례는 논란의 여지가 있는 주제로 기사를 쓸 때 흔히 겪는 일이다. 이름과 얼굴을 드러내놓고 일하다 보니 인신공격성 댓글도 없지 않다. 크게 신경쓰지 않는다. 타당한 비판이라면 곱씹어 마음에 새기겠지만, 대다수는 맥락 없는 막말이다. 싫은 소리는 한 귀로 듣고 한 귀로 흘리는 성격이 이럴 때 도움이 된다.

그런 나를 수시로 예민하게 만드는 주제가 생겼다. 그 주제를 건드리는 말들은 한쪽 귀에서 다른 쪽 귀로 흘러나가다 말고 바늘이 돼서 마음을 콕콕 찌른다. 불편하고 불쾌하지만 매번 정색하고 따지지는 못한다. 어색하게 웃어넘기며 '앞으로 이 사람과 대화할 때는 다른 이야기만 해야지' 하고 다짐할 뿐이다. 웬만해선 상처 입지 않는 이런 단단한 마음을 자꾸만 말랑말랑하게 만드는 나의 치명적인 약점, 바로 나의 고양이 나무다.

결혼 적령기의 미혼 여성이 고양이를 키우기 시작하면 세상은 이를 '비혼 선언'쯤으로 받아들인다. '자취, 자차(자기 소유 차량), 육묘'는 결혼하기 어려운 3대 조건으로 꼽힌다. 나무를 데려온 이후, 근황을 묻는 말에 "고양이를 키운다."라고 답하면 "시집 안 가려고?"라는 질문이 꼭 따라붙었다. 더러는 걱정을 동반한 진심이었고 더러는 가벼운 농담이었다. 유사품으로는 "네가 고양이 키우니까 남자친구가 없는 거야"가 있다.

세상은 같은 연령대의 견주에 비해 고양이 집사의 연애와 결혼을 유독 우려한다. 왜일까.

고양이가 결혼 욕구를 꺾어버릴 정도로 매력적임을 인정하는 거라면 굳이 반박하고 싶진 않다. 누군가는 반려동물이 주는 행복이 여생을 살아가기에 충분하다고 생각할 수 있다. 다만, 고양이 때문에 비혼하는 사람은 다른 이유로도 비혼할 수 있는 사람이다. 결혼을 절대적인 의무나 모든 것 위에 있는 상위 가치로 보지 않을 뿐이다. 일이나 신념 때문에 결혼하지 않는 여성과 다르지 않다. 고양이가 '비혼 바이러스' 따위를 퍼뜨려서 젊은 여성들의 뇌를 조종하는 게 아니라는 말이다.

"남자친구가 고양이를 싫어하면 어떻게 할 거야?"

역시 공식 질문이다. 답변을 녹음한 음성 파일을 스마트폰에 넣어 다니고 싶을 정도다. 나의 입장은 명쾌하다. 나는 고양이를 싫어하는 사람과 굳이 연애하지 않을 것이므로 '남자친구가 고양이를 싫어한다'는 명제 자체가 성립할 수 없다.

고양이를 열과 성을 다해 싫어하는 사람이라면 그다지 가까이하고 싶지 않다. 고양이가 아니라 어떤 동물이든 마찬가지다. 나무를 향한 나의 사랑을 진입 장벽으로 여기는 상대 역시 타협할 수 없는 사람이다. 거창하게 들릴지도 모르지만 너무 당연한 이야기다. 외모, 성격, 가치관 등 이성을 파악할 때 살펴보는 여러 조건 중 하나일 뿐이다.

나와 맞지 않는 사람과 관계를 맺고 시간 낭비하는 경험을 거를 수 있다는 점에서 나무의 존재는 오히려 이롭다.

이렇게 설명을 해도 "아니, 만약에. 만약에 말이야."라며 집요하게 묻는 사람들이 있다. 정말 그런 상황이 온다면 대답해야 하는 건 내가 아니라 그 남자친구다. 고양이를 싫어하는 자신을 포기할지, 여자친구를 포기할지. 후자라면 쿨하게 보내드리겠다.

보다 현실적인 문제를 끌고 와 고민의 난도를 높이기도 한다.

"결혼했는데 남편한테 고양이 알레르기가 있으면 어떡해?"

이는 확실히 어려운 질문이다. 아니, 어렵다기보다 슬프다. 나부터가 고양이 알레르기로 고생하며 나무를 키우고 있지만 같은 희생을 가족에게 강요할 순 없다. 나무의 생명이 소중하듯 앞으로 생길 가족의 건강도 물론 소중하다. 두 가지를 놓고 저울질해야 하는 상황이 온다면 그건 결코 가벼운 문제가 아니다. 이상형 월드컵 하듯 웃으며 양자택일할 주제가 아니라는 말이다.

나는 나무의 보호자다. 나무에 대한 나의 책임을 저버리지 않는 선에서 어떻게든 방법을 찾아낼 것이다. 그 방법이 나무가 내품을 떠나는 것일 수도 있다고 생각하면 한없이 두렵다. 이토록 무거운 이야기를 왜 속없이 웃으며 해야 하는 걸까.

고양이는 1년만 살면 성체가 된다. 혼자서 걷고 밥을 먹고 화장실도 간다. 어린아이와 비교하면 혼자 두어도 큰 문제가 없는건 맞다. 그래서인지 늦은 밤 술자리 등에서 이런 말을 듣곤 한다.

"고양이는 혼자 둬도 돼."

"밥 좀 늦게 줘도 괜찮아."

그건 내가 그 자리에 오래 남고 싶을 때 할 수 있는 말이지 남한테 들을 소리는 아니다. 강아지만큼 겉으로 드러내지 않을 뿐, 고양이도 외로움을 탄다. 이는 키워본 사람이라면 누구나 안다. 하지만 마음속에 싹 트는 고양이 걱정을 드러내기라도 하면 유난스럽고 융통성 없는 사람이 되어버린다.

더 정들기 전에 내다 버리라는 말도 하도 들어서 이젠 내성이 생겼다. 가족을 어디에 어떻게 버리라는 건지 모르겠다. "고양이 키우면 병 걸린대." 놀랍게도 이런 말을 하는 사람들이 아직 있다. 집냥이보다는 길냥이나 외출냥이가 많고 예방접종이 잘 이뤄지지 않던 옛날이라면 그럴 수도 있다.

하지만 광견병 등 감염병 예방접종을 마치고 거의 평생을 집 안에서만 생활하는 고양이로부터 병을 옮을 가능성은 극히 낮다. 전문가들은 "고양이에서 인간으로 감염되는 인수공통 감염병은 곰팡이성 피부병 정도인데, 이마저도 100퍼센트 치료가 가능해 예방접종도 필요 없다."라고 말한다.

나무도 나에게 상처를 준다. 내 손등과 팔, 발과 다리 중 어느 한곳에는 언제나 나무의 발톱 자국이 있다. 때론 코끝이나 입술을 깨물기도 한다. 정말 아프게 할퀴어질 때도 있지만 대체로 신나게 놀다가 나도 모르는 새에 생기는 영광의 상처들이다. 집사에게 아무 말이나 던져 속을 뒤집어놓는 이들이 꼭 묻는다.

"안 아파? 난 고양이는 진짜 못 키우겠더라."

글쎄. 당신들이 하는 말이 고양이 발톱보다 몇 배는 더 아프다.

괜찮아, 잘하고 있어

어린 시절, 가족 여행으로 비행기를 처음 탔을 때였다. 이륙 전 비상시 주의사항을 안내하는 비디오를 보는데 의아한 부분이 있었다. 비행 중에 사고가 나면 기내용 산소마스크를 아이보다 어른이 먼저 착용하라는 내용이었다. 영화 〈타이타닉〉에서는 아이들을 최우선으로 구명보트에 태웠다. 왜 비행기에서는 반대인지 어머니에게 묻자, '어른이 정신을 잃지 않아야 아이를 지킬 수 있기 때문'이라는 답이 돌아왔다. 보호할 대상이 있는 사람은 자기 자신부터 챙겨야 한다는 이야기였다.

어쩌다 한 생명을 돌보고 있다. 결혼도 출산도 점점 늦어지는 요즘 같은 시대에 내 예상보다 한참은 빨리 '보호자'가 됐다. 가족이 키우는 반려동물과 어려서부터 함께 자라는 것과 어른이 된 이후 한 동물의 반려인을 자처하는 것은 무게가 다르다. 애정의 무게가 아니고 책임의 무게다. 때로 가족의 도움을 받기도 하지만 궁극적인 책임은 오롯이 나에게 있다. 가끔 이 책임감이 어깨를 짓누르는 기분을 느끼곤 한다.

처음이 가장 힘들었다. 나무와 지금만큼 친하지도 않았고, 고양이의 행동을 읽는 법도 잘 몰랐다. 나무의 의사도 묻지 않은 채 데려와 놓고는 내가 집사 노릇을 잘하고 있는 것인지 불안했다. 나무를 혼자 두고 출근하는 상황에 대한 죄책감이 가장 컸던 시기이기도 하다.

고양이를 아무리 사랑해도 24시간 고양이 생각만 할 수도, 모든 일보다 고양이를 우선으로 둘 수도 없다. 함께 보내는 시간을 더 늘릴 수 없어서인지 그나마 함께하는 동안에는 제대로 놀아주고 있나 싶어서 신경이 쓰인다. 나의 방식이 '최선'이 아닐까 봐 초조해진다. 내가 모르는, 나무에게 더 잘 맞는 사료가 있는 건 아닐까, 가격이 비싸서 보고도 모른 체했던 음식이나 물건이 지금 나무에게 꼭 필요한 건 아니었을까, 믿을 만한 동물병원을 선택한 걸까. 육묘에 '정답'은 없으니 주변의 간섭이나 조언에 휘둘리기도 한다.

스스로 중심을 잡지 못하면 쉽게 무너진다. 나무를 향한 미안함이 쌓이다 와르르 무너져버린 일이 있었다. 나무를 데려오고 한 달쯤 지난 시점, 아직 자동배식기를 구매하기 전이었다.

　퇴근 전과 후에 사료를 두 차례 나눠주고 자율적으로 먹게 했다. 아무리 늦어도 저녁 9시까지는 귀가해서 남은 사료를 챙겨줘야 했다. 그런데 일찌감치 시작한 회식이 예상보다 길어졌다. 8시쯤부터 초조하게 시계만 보다가 9시를 넘기고 나서는 초조했다. 집에 가겠다는 말을 못 해 노래방에서는 발만 동동 굴렀다. 자리는 11시가 넘어 파했다. 어렵게 택시를 잡아타고 집에 도착했을 땐 이미 12시기 넘었고, 계단을 오르는 내 발소리를 들은 나무가 닫힌 현관문 안에서 끈질기게 울어댔다.

　문을 열자마자 나무를 보고 바닥에 주저앉았다. 얼굴은 이미 택시 안에서부터 눈물범벅이었다.

　"평소보다 늦어서 미안해. 너를 버려둔 게 아니야. 배고프게 해서 미안해. 누나가 잘못했어."

　떨리는 목소리로 중얼거리면서 집 안을 살폈다. 얼마나 배가 고팠으면, 냉장고 위에 올려두었던(그땐 나무가 냉장고 위까지 올라갈 수 있는지 몰랐다) 간식 봉지를 끌어내린 흔적이 있었다. 그거라도 어떻게 먹었으면 좋았을 텐데, 비닐 포장을 난도질만 해놨을 뿐 제대로 뜯지 못했다. 마음이 찢어졌다.

유난스럽다고 해도 좋다. 하지만 정말 유난을 떨었다면 "저는 고양이 밥을 주러 가야 합니다!" 하고 회식 자리를 박차고 나왔겠지. 나는 그럴 용기는 없고 걱정만 많은 소심한 초보 집사였다.

까드득까드득, 나무는 내가 급하게 밥그릇에 부어준 사료를 신나게 씹어 먹었다. 사료를 먹고 나서는 언제 배가 고팠냐는 듯 세상 평온한 표정으로 침대에 누워 고롱거렸다. 안심이 되는 동시에 허탈했다. 사실 나는 할 일이 남았거나 배가 고프지 않으면 끼니를 거를 때가 많다. 건강에 좋지는 않지만 죽을 일은 아니다. 나무가 굶은 시간도 평소보다 몇 시간 길었을 뿐이다. 그렇게 생각하면 별일이 아닐지도 모른다. 나무가 '괜찮다'고 딱 한마디만 인간의 말을 해줬으면 했다.

그날 분명히 깨달은 게 있었다. 엉엉 울면서 사료를 챙겨주는 나를 바라보던 나무의 표정은 나만큼이나 불안했다. 평소 같으면 다리에 머리를 비비며 만져주길 기다렸을 텐데, 집사의 돌발 행동에 놀랐는지 가까이 다가오지 않았다. 화장실 문턱에 고개를 걸치고 납작 엎드려서는 눈을 동그랗게 뜨고 나를 지켜봤다. 나무가 나의 불안정한 심정을 그대로 느끼고 있다는 생각이 들었다. 그 순간, 먼저 산소마스크를 쓰고 숨을 돌려야 하는 건 나였다.

노오란 햄스터 고양이>_<

발라당은 취미이자 특기

문제 해결은 어렵지 않았다. 그날로 자동배식기를 주문했다. 그리고 마인드 컨트롤에 들어갔다. 나무를 처음 데려올 때 사료 선택을 고민하는 나에게 집사 친구가 했던 말이 떠올랐다.

"네가 줄 수 있는 것 중에 제일 좋은 사료가 나무한테 최고의 사료야."

비단 사료뿐일까. 모든 게 마찬가지다. 내 능력 밖의 일까지 선택지에 넣다 보면 나는 늘 부족한 집사일 수밖에 없다. 할 수 없는 일은 할 수 없는 일이다. 다만 할 수 있는 범위 안에서 최선을 다하면 된다. 미안함과 초조함을 더 크게 느낀다고 해서 나아지는 것도 없다. 집사가 스스로를 먼저 돌봐야 고양이도 더 오래 행복할 수 있을 거라는 결론에 도달했다.

내 고양이는 나와의 생활이 행복할까. 집사들은 이 질문에 대한 답을 찾기 위해 끝없이 노력한다. 인터넷에는 정보가 넘쳐나고, 팁도 많고 말도 많다. 이 정도면 최선인 것 같았는데, 나보다 더 고양이에게 잘하는 집사들이 꼭 있다. 하지만 기죽을 필요는 없다. 할 수 있는 최선을 다하고 있다면, 세상에 나쁜 집사는 없다. 어느 날 고양이의 존재가 버겁게 느껴질 땐 자신을 향한 잣대가 너무 까다롭지 않았나 돌아볼 일이다.

내 고양이의 행복에 대한 답은 커뮤니티 게시판에 있지 않다. 그 답은 내 앞에서 무방비하게 드러누워 자는 고양이의 하얀 배에, 더운데도 다가와 몸을 기대는 고양이의 온기에 있다.

내 맘 같지 않은 그대여

내가 초등학교를 다닐 때만 해도 고양이를 키우는 집은 주변에 하나도 없었다. 거북이, 햄스터, 앵무새, 이구아나는 봤어도 고양이는 정말 없었다. 물론 강아지는 많았다. 친구네 집 강아지는 셋 중 하나였다. 몰티즈, 요크셔테리어, 아니면 시추. 요즘은 의외로 보기 힘든 견종들로, 정보가 늘어나고 분양 창구도 많아져서인지 반려견의 종류가 정말이지 다양해졌다. 그래도 나름의 흐름은 보인다. 반려동물에도 유행이 있다는 이야기다.

연남동에 사는 4년 동안, 잔디 반 강아지 반인 집 앞 공원을 산책하며 자연스럽게 그 흐름을 읽었다. 푸들은 과거 몰티즈의 명성을 누리고 있는 듯하고, 비숑프리제도 자주 보이고 시바견이 상당히 많다. 아기 웰시코기들이 한창 눈에 띨 때가 있었는데, 요즘은 그레이하운드, 휘핏 등 다리가 길고 늘씬한 경주견들도 부쩍 늘었다.

유행은 미감을 좌우한다. 이왕 돈 들여 반려동물을 들이기로 결심했다면 내 눈에 예쁜 아이를 고르고 싶은 건 당연하다. 남들이 많이 키워 정보가 많은 종이 예뻐 보이기까지 한다면 그보다 좋을 수 없다. 그렇게 유행은 퍼진다. 그 자체로 나쁜 일이 아니다. 문제는 반려동물 입양에 필요한 고민을 모두 거친 결정의 순간에 유행이 관여하는 게 아니라, 유행이 충동을 만들어낼 때 발생한다.

10여 년 전, 그레이트피레네라는 초대형 산악견이 방송에 나와 인기를 몰았다. 북극곰처럼 복슬복슬한 흰 털로 뒤덮인 착하고 순한 인상의 개였다. 입양 붐이 일고 몇 달 뒤, 아기 땐 귀엽다고 키우다가 성견이 되자 크기를 감당 못 한 주인들이 우르르 아이들을 파양했다.

대형견을 파양한 모든 이가 처음부터 몇 달 키우고 버릴 생각이었다 넘겨짚고 싶진 않다. 자기가 책임져야 할 생명에 대한 공부가 부족했을 뿐이다. 상상과 현실 사이에 엄청난 괴리가 있었을 거다. TV나 유튜브 영상 속, 달콤하고 재미있는 순간들 뒤에 숨겨져 있다 나에게로 덮쳐온 어려움들을 감당하지 못했기 때문이다.

"매일 산책시켜줘요!" 웰시코기를 키우는 유명 유튜버가 지나가듯 이야기한 문장 뒤에는 실제로 걷고 뛴 2시간이 있다. 고양이 일곱 마리를 거뜬히 키워내는 집사를 보며 '의외로 할 만한가?' 생각하기엔, 그 고양이들이 내뿜는 털들이 모니터를 넘어오지 않았다는 사실을 명심해야 한다.

나와 같을 수 없는 어떤 존재를 받아들이고 사랑한다는 건 결국 감당하는 것이다. 내 맘과 다른 마음, 이해되지 않는 순간, 좁혀지지 않는 생각의 차이들을 말이다. 같은 한국어여도 도통 무슨 말을 하는지 모르겠는 사람들 천지인데, 말 한마디 통하지 않는 동물의 평생을 책임지는 게 쉬운 일이겠는가. 반려동물은 아무런 의도 없이 나를 절망으로 몰고 가기도 한다. 그래서 더 슬프다. 나를 가장 괴롭게 하는 순간을 견뎌내지 못한다면, 그들이 주는 최고의 행복도 누릴 자격이 없다.

하루 3시간씩 아기 강아지 영상을 보며 깔깔대던 시절엔 마냥 행복했다. 날리는 털에 재채기할 일도, 목욕 한번 시켜주려다 발톱에 찍혀 피를 볼 일도, 내 한 몸 출근시키기도 벅찬 매일 아침 남의 밥 챙기고 똥 치우느라 부산을 떨 필요도 없었다. 내 옆에 살아 숨 쉬며 울고 때리고 머리를 부비고 골골대는 진짜 고양이는, 내 맘 같지 않다. 수많은 강아지와 고양이의 랜선 이모에서 한 마리 고양이의 집사로 전업하면서 내 손으로 굴레를 만들었다. 충분히 각오했다고 생각했는데도 힘들었다.

주변 사람들이 보는 나는, 어쩌다 집사가 된 것치곤 나무를 꿋꿋하게 잘도 키우고 있는 듯 보일지 모른다. 돼지이긴 해도 성격은 무난한 고양이를 만나 알콩달콩 잘 산다고만 생각할 수도 있다. 나무의 골 때리는 순간들을 인스타에 올리며 푸념을 해도 내 마음속 깊은 불안과 어깨를 짓누르는 부담에 대해 굳이 이야기해본 적은 없다. 힘들지 않은 척 거짓말을 하고 싶어서기 아니다. 좋은 순간들만 되새기기에도 에너지가 달려서다.

고양이가 주는 행복만큼 고양이가 주는 절망과 불안도 크다. 가끔은 내 인생에 등장한 적 없는 것처럼 사라져줬으면 싶기도 하다. 나무의 존재가 진심으로 버겁고, 나의 보살핌과 애정을 구하는 그의 모든 눈빛과 행동이 귀찮아서 내 선택이 후회될 때도 있다. 하지만 그보다 더 자주, 그래도 네 덕분에 버티고 있다고 말한다.

나무가 이 작은 집에서 나를 맞이해주고 옆에서 숨을 쉬어주고 울어주고 내 품에 파고들어 위로해주지 않았다면 나는 이미 무너지지 않았을까 생각한다. 나무는 나의 일부임과 동시에 나의 삶이고, 나는 이 고양이를 가끔 미워하고 숨 쉬듯 사랑한다.

사랑은 순간의 감정으로 시작할 수도 있지만 지켜내려면 의지가 필요하다. 고양이에게 받는 위로와 말도 안 되는 크기의 행복, 이를 누리기 위해 인간은 많은 걸 포기해야 한다. 나처럼 알레르기 체질이라면 더더욱.

자라면서 대화가 트이는 자식이나, 훈련이 가능한 강아지와 달리 고양이 집사의 삶은 영영 해소되지 않는 답답함과 막막함이 함께 한다. 그런데 결국, 기분을 결정하는 건 고양이의 행동을 받아들이는 나의 상태다. 같은 행동을 너그럽게 웃어넘길 수 있을 때가 있고, 별것도 아니고 고양이니까 당연한 행동인데 참을 수 없이 원망스럽고 '대체 왜 지금이야!' 싶을 때도 있다. 다 내 안에 여유가 고갈되어서다.

나무가 견딜 수 없어질 때면 나를 돌아본다. 고양이는 잘못이 없다. 고양이는 한결같이 행동하는데 받아들이는 나의 기분이 다를 뿐이다. 내가 심적으로 궁지에 몰려 있을 땐 밥때가 되어 우는 소리도 '어련히 줄 건데!' 싶어 짜증이 난다. 반대로 내가 기분이 좋고 여유가 있어 낚싯대를 흔들며 놀아주려고 먼저 덤벼도 나무는 본체만체할 때가 있다. 둘의 타이밍이 언제나 맞을 순 없다.

나에겐 기분을 좌우할 외부 요인이 많다. 나무에겐 나뿐이다.

군이 더하자면 창밖의 날씨 정도? 고양이는 게임기 속 캐릭터가 아니다. 살아 있기에 예측할 수 없고 통제되지 않는다. 하지만 숨 쉬는 따뜻한 존재여서, 나에게 이 세상 누구도 줄 수 없는 유대감과 위안을 준다.

그래서 나는 맘처럼 되지 않는 이 존재를 있는 그대로 사랑한다. 영영 이해할 수 없더라도.

나의 게으름이 너의 평온이라면

나는 게으르다. 할 일 다 제쳐놓고 늘어질 때 행복을 느낀다. 오늘 해도 되고 내일 해도 되는 일이 있으면 웬만해선 오늘 하지 않는다. 매일매일 마감이 있는 직업을 이만큼 이어왔다는 사실이 기적 같다. 잠도 많다. 누가 깨우지만 않으면 하루 종일 잘 수도 있다. 잠에서 깼다고 왜 침대에서 바로 일어나야 하는지도 모르겠다. 인간은 두 발로 직립보행을 하기 때문이 아니라 누워서도 많은 일을 할 수 있다는 점에서 동물과 구별되는 게 아닐까.

약속 없는 날엔 누워서 TV를 틀어놓고(집중해서 보진 않는다) 유튜브 보고 책 좀 읽다 보면 해가 진다. 밥 먹고 바로 누우면 소 된다는 말은, 내가 여태 인간인 걸 보면 다 거짓말이다. 음메에.

그렇다고 천상 '집순이'냐 묻는다면 그건 또 아니다. 어려서부터 줄곧 아니었다. 휴일엔 무조건 친구를 만나고 어디든 나가서

놀길 좋아했다. '핫 플레이스'를 찾아다니고 남들 먹는 건 나도 먹어봐야 한다는 욕심이 있었고, 외로움도 많았다. 오늘은 혼자만의 시간을 보내겠다, 결심하지 않는 한 혼자 있는 건 질색이었다. 취업하고 독립하기 전엔 집이 일산인 게 그렇게 싫었다. 통학 시간이 길어서가 아니라, 친구들이 서울에서 부를 때 바로바로 뛰쳐나갈 수 없어서.

이 두 가지 성격이 겹치면 어떤 결과를 내느냐. 부지런히 약속을 잡아두지 않은 탓에 쉬는 날 시간을 어영부영 보내게 된다. 아무것도 안 하고 있지만 더욱 격하게 아무것도 안 하고 싶어 하면서. 남들보다 훨씬 너 프로페셔널하게 하루 종일 뒹굴거린다. 그러다 문득 깜깜해진 창밖이 눈에 들어오면, 낮 동안 뒹굴거리며 느낀 만족감은 온데간데없는 거다. 잠들기 전 인스타그램 피드를 훑어보다 자괴감에 빠진다. '다들 이렇게 부지런하게 인생을 즐기는 동안 내가 대체 무슨 짓을⋯.'

눈코 뜰 새 없이 평일을 흘려보내다 주말을 맞이했던 입사 초반에는 이런 경우가 유독 많았다. 강제 '집순이'가 되어 주말을 허송세월하다 자괴감에 빠지길 몇 차례, 이렇게 살아선 안 되겠다고 느꼈다. '내가 살아 있는 시간은 주말뿐이야! 알차게 보내야 해!'라는 생각에 다다다음주 주말까지 부지런히 약속을 잡고 쉬는 날 잠시라도 외롭지 않으려고 애를 썼다. 피곤해서 죽을 것 같아도 꾸역꾸역 사람들을 만났다. 나무를 키우기 직전까지 그랬다.

갑자기 내 인생에 등판한 나무는 나를 사로잡았던 '알찬 주말' 강박증을 조용히 깨부쉈다. 고양이 한 마리만 집에 있어도 몸과 마음은 심심할 틈이 없다. 여기 붙은 털 치우고, 저기 뜯어놓은 종이 박스 치우고, 화장실 청소하고, 때 되면 간식 주고, 눈 마주치면 장난감 흔들어주고, 다가오면 만져주고, 가만히 자고 있으면 예뻐서 사진을 찍고, 그 사진을 인스타에 올리고…의 무한 반복이다.

"고양이와 함께 보내는 시간은 결코 낭비가 아니다."

프랑스의 소설가 시도니 가브리엘 콜레트가 말했다. 이제 내가 집에 있는 시간은 무의미하게, 어쩔 수 없이 혼자 보내는 시간이 아니다. 나의 고양이와 함께하는 아주 뜻깊은 시간이다. 내가 게을러서 집에 오래 있을수록 나무는 행복해한다.

분리수거할 때 말고는 집 밖으로 한 발짝도 나가지 않는 그런 주말이 나무에게는 최고의 주말이다. 내 옆에 누워 고롱거리다가, 어디 갔는지도 모르게 숨어 자다가, 다시 어슬렁 걸어 나와

내 인생의 구원자, 나무 🌳

정말로 사랑냥해-.

서는 내 다리에 얼굴을 부빈다.

제가 원할 땐 언제든 내 곁에 올 수 있다는 사실이 안심되는
지, 괜히 울며 보채지도 않는다. 스트레스 해소 목적이 아닌, 오
로지 재미와 교감을 위해 집사와 장난을 치고 있다는 느낌을 주
는 사진과 동영상은 대개 이처럼 게으른 주말에 나온다. 좋은 고
양이 사진의 첫째 조건은 좋은 카메라나 촬영 기술이 아니라 고
양이의 심리 상태다.

나무야. 나의 게으름이 너의 위안이고 평온이라면, 나 앞으로
도 최선을 다해볼게!

영원할 마음

'버킷리스트'라고 부르자니 왠지 거창하지만, 죽기 전에 한 번쯤 해보고 싶은 것들이 있다. 그중 하나가 타투다. 발목이나 목 뒤처럼 내 몸 어딘가 비밀스러운 위치에 작게 뭔가 새겨 넣고 싶다. 일종의 자기만족이라 눈에 띄는 곳에 할 것도 아니어서 회사 눈치를 볼 필요도 없고, 부모님의 허락을 받아야 할 나이는 진작 지났다. 그런데 왜 아직도 하지 못하고 있느냐. 뭘 새겨도 몇 년 뒤면 후회할 것 같아서다.

한 번 정하면 쉽게 바꿀 수 없는 어떤 것을 결정하는 일은 언제나 어렵다. 앞으로도 쭉 맘에 들어 할 자신이 없다. 어렸을 땐 게임 아이디 정하는 게 그렇게 어려워서 시작하는 데만 며칠씩 걸렸다.

'나무'라는 이름도, 동네 초딩들이 이미 그렇게 부르고 있어준 덕에 고민 없이 결정된 거다. 만약 내가 이름을 직접 지어야 했다면, 나무는 적어도 반년은 이름 없이 지냈을지도 모른다.

영원히 좋아하고 만족할 무언가를 찾는 게 나에게만 이리도 힘든가. 내 취향도 세상의 트렌드도 너무 빠르게 변한다. 30년 남짓한 시간을 사는 동안에도 좋아하는 색깔, 음식, 음악 등이 수도 없이 바뀌었다. 평생을 좋아할 거라고 장담했던 '인생 영화'는 3년에 한 번쯤 새로고침된다. 정말 예뻐 보여서 큰맘 먹고 장만한 옷인데, 다음 해에 보면 '도대체 이런 게 내 옷장에 왜 들어있지?' 싶기도 하다.

사람을 향한 마음도 마찬가지다. 화르르 타올랐다가 순식간에 사그라진다. 때로 사람들은 종교도 사상도 손바닥 뒤집듯 바꾼다. 정말 궁금했다. 좋아한다고 믿는 것들은 이리도 쉽게 변하는데, 누군가는 어찌 그리 용기 있게 몸에 바늘을 대는 걸까.

나무를 만난 지금은 알 것 같다. 변하지 않을 마음에 대해서. 어느 날 문득 깨달았다. 내가 나무를 사랑하지 않게 되는 날은 오지 않을 것이다. 이유를 설명하긴 어렵다. 너무 자명한 것들은 되레 설명이 어렵다. '인간은 존엄하다', '환경을 보호해야 한다'라는 명제에 새삼 왜냐고 묻는다면 말문이 막히는 것과 같다. 나는 왜 나의 고양이를 사랑하는가? 모르겠다. 어느 날 그렇게 정해졌고, 사랑하지 않는 방법은 모르겠다. 굳이 이유를 따져보자면, 나무가 먼저 확신을 주어서다.

"나무야, 누나가 그렇게 좋아? 왜 그렇게 좋아?"

아무리 물어도 대답 한 번 해주지 않지만 나는 안다. 나무는 이 세상 어떤 존재보다도 나를 사랑하고, 의지하고, 편안해한다. 나무에게 최고의 평화와 안정을 줄 수 있는 건 나뿐이다. 나무는 나를 절대로 버리지 않는다. 그래서 반려동물과 주고받는 사랑은 특별하다. 그 고마운 마음을 느껴버린 이상, 나는 나무를 영원히 사랑할 수밖에 없다. 이건 다짐도 아니고 의지가 필요한 일도 아니다. 그냥 그렇게 되는 일이다.

변하는 마음에도 의미는 있다. 나이 들며 조금씩 달라진 내 취향을 돌아보면 재미있다. 선택과 후회를 반복하면서 안목은 길러진다. 그땐 몰랐지만 지금은 알아서, 한 뼘만큼 늘어난 지혜에 뿌듯해지기도 한다. 이런 사람, 저런 사람을 좋아해본 경험 덕분에 지금 내 옆엔 나와 더 잘 맞는 사람이 있다. 기자가 꿈의 직업이었지만 지금은 '밥 먹고 하는 일'이고, 미래에는 어떻게 될지 모른다. 훗날 내 직업이 바뀌어 있다면, 아마도 달라진 나의 마음이 나를 더 행복하게 하는 일을 찾았기 때문일 거다.

이렇게 자꾸만 변하는 많은 나 사이에서 영원할 한 가지. 나는 나에게 온 노란 줄무늬 고양이 나무를 사랑하고, 나무를 떠올리게 하는 이 세상 모든 고양이가 각별하다. 이 설명은 10년 뒤에도 20년 뒤에도 변하지 않을 것이다. 나무가 내 곁을 떠나도 변할 리 없다. 이 곧게 뻗은 마음이 내 중심을 잡아주는 기분이 든다.

나이가 들면서 변덕이 줄고 지금보단 많은 것에 확신을 갖게 될지 모른다. 그래도 '영원할 마음'의 시작은 나무였다. 이 또한 변하지 않는다.

집에 가면 고양이가 있다

영어의 'home'이란 단어는 묘하다. '주거용 건물'이라는 의미를 넘어 '내가 몸뿐만 아니라 마음을 두고 편히 머물 수 있는 진정한 쉼터'라는 뜻이 알파벳 네 개에 다 담기니까.

때론 '고향'이란 뜻으로도 쓰이는 이 묘하게 애틋한 단어를 난 더 짧게 줄일 수도 있다. c, a, t, 이 세 개면 된다.

고양이는 언제나 집에 있다. 그러면서 고양이가 없었던 집은 상상도 할 수 없게 만든다. 애옹거리는 울음소리 없이, 바닥을 굴러다니는 털 뭉치 없이, 베개맡에서 얼굴로 들이미는 복슬복슬한 엉덩이 없이 혼자 살던 집은 집이 아니었다. 물론 그게 그렇게 대단한 일은 아니다.

집에 가면 고양이가 있다. 고양이가 없는 삶과 있는 삶을 이보다 더 효과적으로 구별할 문장은 없다. 그렇게 대단한 일은 아닌데, 그냥 외출했다가 집에 돌아가면 고양이가 있는 거다. 문을 열기 전 내 발소리부터 알아듣고 현관으로 마중을 나오고, 내가 신발을 벗고 들어가면 흥이 넘치는 어깻짓을 하며 스크래처를 뜯는다. 그냥 그런 고양이가 집에 있다.

언제부턴가 막막할 때면 주문을 외운다. "집에 가면 고양이가 있다, 좀만 참으면 고양이 본다⋯" 이 더럽게 안 풀리는 일에도 결국 끝은 있고, 집에 가면 고양이가 있다는 걸 나는 안다. 물론 그게 별것 아닐 수는 있다. 그런데 고양이가 없었을 때의 나는 집이 뭔지도 몰랐던 것 같다. 고양이를 품에 안고 긴 한숨을 내쉬어야 비로소 마음마저 자유로워진다.

집에 가면 고양이가 있다. 아니, Home is where my cat is. 고양이가 내 집이다.